THÉRÈSE
OU ANGE ET DIABLE

COMÉDIE-VAUDEVILLE EN DEUX ACTES

PAR

MM. BAYARD ET ARTHUR DE BEAUPLAN,

REPRÉSENTÉE POUR LA PREMIÈRE FOIS, A PARIS, SUR LE THÉATRE DU GYMNASE, LE 29 OCTOBRE 1857.

Distribution de...

PREMIER ACTE.

GEORGES DE CHENEVIÈRES.	MM.	ARMAND.
JULES D'ANCENY.		DUPUIS.
M. DE GOURNAY, ancien tuteur de Georges. .		PERRIN.
ERNEST BRIDOUX, neveu de M. de Gournay. .		LESUEUR.
THÉRÈSE / UNE DAME	Mme	ROSE CHÉRI.
GERVAIS, domestique.	M.	BLONDEL.
Jeunes filles amies de Thérèse.		

ACTE PREMIER.

Le théâtre représente un boudoir très-élégant. — Porte d'entrée au fond. — Porte de l'appartement, à droite. — A gauche, dans l'angle, une petite porte perdue. — Dans l'angle opposé, un meuble élégant surmonté d'une glace. — A droite, au premier plan, console; à gauche, au premier plan, en face de la porte d'intérieur, une cheminée, et devant la cheminée, un guéridon; canapé, formant angle avec la cheminée, siéges autour du guéridon et autour de l'appartement.

SCÈNE PREMIÈRE.

UNE DAME, *puis* GERVAIS.

Au lever du rideau, on entend le bruit d'une clef dans la serrure de la porte perdue à gauche. La porte s'ouvre lentement. Une dame élégamment vêtue, paraît; regardant autour d'elle avec anxiété. — Musique à l'orchestre.

LA DAME, *entrant.*

Personne!... et pourtant sa porte sur le palier était ouverte.. mais où suis-je ici?... chez le marié, sans doute...

GERVAIS, *paraissant à la porte du fond.*

Tiens! une dame!...

LA DAME, *sans le voir, s'approche de la console qui est à droite et y pose un bouquet et une couronne de mariée.*

GERVAIS, *s'avançant.*

Qu'est-ce que c'est que ça?

LA DAME, *se retournant au bruit.*

Ah! quelqu'un! Silence! vous ne m'avez pas vue! *(La musique cesse.)*

GERVAIS.

Non, jamais, Madame; mais je vous vois.

LA DAME.

Vous ne me voyez pas.

GERVAIS.

Comment?

LA DAME.

Ma visite dans cet appartement ne doit être connue de personne... Je vous en prie...

GERVAIS.

Mais ces fleurs, ce bouquet de mariée?...

LA DAME.

Si l'on vous demande qui les a mis ici...

GERVAIS.

Je dirai...

LA DAME.

Que vous ne le savez pas.

GERVAIS.

Mais puisque c'est vous.

LA DAME.

Raison de plus... vous ne m'avez pas vue.

GERVAIS.

Ces fleurs ne peuvent pourtant pas être venues toutes seules.

LA DAME.

Si fait... Cette discrétion que je vous demande en grâce, je la reconnaîtrai... et dès à présent, tenez! *(Elle lui donne une pièce d'or).*

GERVAIS.

De l'or!...

LA DAME.

Vous n'avez rien à dire. *(Elle remonte.)*

GERVAIS, *passant à droite.*

Je suis aveugle et muet.... Mais par où êtes vous entrée?... Ah! cette porte qui ne devait être ouverte que le jour du mariage de mon maître.

LA DAME.

Ah! *(Elle ferme la porte par laquelle elle est entrée.)*

GERVAIS.

Oh! fermée!... Vous ne pouvez plus sortir. Elle n'ouvre que de l'autre côté...

LA DAME, *à part.*

Tant mieux... je suis sûre au moins qu'elle ne me verra pas... mais, partir sans la connaître!. *(A Gervais.)* Vous êtes seul, ici?..

GERVAIS.

Oui, ce n'est que ce matin même que Monsieur doit venir habiter cet appartement qu'il a fait arranger tout exprès... et qui communique avec la chambrette de la mariée... Une simple ouvrière... Ah! mon Dieu! c'est vous, peut-être.

LA DAME.

Moi!... vous ne la connaissez donc pas?

GERVAIS.

Non... pas encore... Monsieur ne m'a jamais envoyé chez elle... et cette chambre donne dans une autre maison... d'une autre rue.

LA DAME.

Ainsi vous ne savez pas si elle est belle.

GERVAIS.

Elle doit l'être... Monsieur l'aime tant!...

LA DAME, *elle va du côté de la cheminée.*

Oui, n'est-ce pas? sa femme sera bien heureuse, bien aimée! *(A part.)* Pauvre Thérèse!...

GERVAIS.

Je vous en réponds! Monsieur fait tant de dépense pour elle! Rien ne lui coûte .. Il disait aux peintres, aux ébénistes, aux tapissiers, faites ceci, faites cela!... Mais ça coûtera le double: qu'importe! Il n'y a rien d'assez beau pour Thérèse... Il paraît que c'est le nom...

LA DAME.

Oui, oui... *(Regardant sur le guéridon une carte qui est dans une petite coupe.)* Ah! cette carte... Jules D'Anceny!... Votre maître connaît un D'Anceny?

GERVAIS.

Je ne sais pas... C'est une carte qu'on a laissée ce matin pour Monsieur...

LA DAME, *à part.*

C'est singulier!

GERVAIS, *allant ouvrir la porte de droite.*

Et il faut voir la chambre à coucher... par là... Tenez!

LA DAME, *passant, et regardant à droite.*

Toute blanche de dentelles... et de soie ... un jour mystérieux... des livres... un prie-Dieu!... Tout un rêve de jeune fille. *(Elle porte la main à ses yeux, pour essuyer une larme.)* Tout est d'un goût parfait. *(Elle entre dans la chambre.)*

GERVAIS *lui parlant de la porte.*

Elle donne dans le salon comme ce boudoir... Du salon dans l'antichambre...

GEORGES, *en dehors.*

Gervais!... êtes-vous là, Gervais?

GERVAIS.

La voix de Monsieur! Et cette dame qui ne veut pas être vue *(A la porte.)* Madame!

SCÈNE II.

GEORGES, GERVAIS.

GEORGES *paraissant au fond.*

Gervais... Ah!... que faites-vous ici?

GERVAIS, *refermant vivement la porte de droite.*

Moi, Monsieur... comme vous voyez... je range.

GEORGES.

Il n'y a rien à ranger.

GERVAIS.

C'est une carte pour Monsieur... une carte que j'ai apportée là...

GEORGES, *s'approchant du guéridon.*

Dans cette maison... une carte!... déjà! *(Il la prend.)*

GERVAIS, *tenant la porte de gauche entr'ouverte.*

Oh!... elle sort par le salon, et de là dans l'antichambre... *(Regardant la petite porte de gauche.)* Au fait... plus moyen, par ici.

GEORGES.

Jules D'Anceny, je ne connais pas...

GERVAIS.

Je l'ai trouvée chez le concierge.

GEORGES.

Et il n'est pas venu d'autres personnes? M. de Gournay.

GERVAIS.

Non, Monsieur.

GEORGES.

Il devrait être arrivé... C'est bien. Sortez!

GERVAIS.

Oui, Monsieur. *(Il va pour sortir à droite.)*

GEORGES.

Non. *(Montrant le fond.)* Par ici.

GERVAIS.

Oui, Monsieur...

GEORGES, *à part, allant poser son chapeau au fond.*

Je voudrais que personne n'entrât dans cette chambre avant elle!... *(Apercevant les fleurs.)* Eh! mais qu'est-ce cela?... un bouquet de mariée!... Gervais?

GERVAIS, *qui est sorti, rouvrant la porte du fond.*

Monsieur?...

GEORGES.

Qu'est-ce qui a apporté ces fleurs?

GERVAIS.

Ces fleurs!... je ne sais pas, Monsieur... j'ignore... je n'ai rien vu...

GEORGES.

Qu'est-ce que c'est?... Vous ne savez pas... Vous ignorez qui est entré chez moi?

GERVAIS, *embarrassé.*

Monsieur, c'est que...

GEORGES.

Vous ne savez pas jouer votre rôle... Quelqu'un est venu ici!

GERVAIS.

Mon Dieu! c'est que...

GEORGES.

Une personne...

GERVAIS, *vivement.*

Que je ne connais pas.

GEORGES.

Vous l'avez vue?

GERVAIS.

C'est que...

GEORGES.

C'est que... c'est que... parlerez-vous?

GERVAIS.

Elle m'a défendu de le dire.

GEORGES, *prenant le bouquet.*

Une femme! Oui, il n'y a qu'une femme pour avoir eu cette idée-là! Charmant! d'un goût exquis... et moi qui n'y avais pas pensé!... Est-ce une attention gracieuse, une surprise... ou plutôt un reproche délicat qu'on a voulu me faire!...

GERVAIS.

Monsieur ne dira pas...

GEORGES, *riant.*

Mais que voulez-vous que je dise, puisque je ne sais rien moi-même?

GERVAIS.

C'est qu'on m'avait bien recommandé le silence!

GEORGES.

Qu'on vous a payé peut-être. (*Gervais baisse les yeux.*) C'est bon, laissez-moi!...

GERVAIS.

Oui, Monsieur. (*Il sort par le fond.*)

SCÈNE III.

GEORGES, *puis* THÉRÈSE, *dans sa chambre, à gauche.*

GEORGES.

Qui a donc pu?... Ah! Cela fait du bien de savoir qu'on pense à vous... qu'on prend part à votre bonheur!... quelque ancienne amie de ma pauvre mère... de Thérèse, peut-être... (*On entend Thérèse chanter dans la chambre à gauche.*) Ah! la voilà rentrée.

(*Il écoute.*)

THÉRÈSE, *chantant dans sa chambre.*

Lise dans sa chambrette
Chante soir et matin...

GEORGES, *frappant à la porte.*

Thérèse!... Thérèse!...

THÉRÈSE, *de sa chambre.*

Ah! c'est vous, M. Georges!... bonjour!

GEORGES.

Bonjour! je vous embrasse de tout mon cœur!...

THÉRÈSE.

Je vous le permets, à travers la porte.

GEORGES.

Oh! maudite porte! (*Il la heurte.*)

THÉRÈSE, *riant.*

Monsieur, je vous prie de ne point faire de scandale ou je me plaindrai?

GEORGES, *riant.*

Au propriétaire?

THÉRÈSE.

Non... à mon mari.

GEORGES.

A votre mari!

THÉRÈSE.

Vous ne savez pas, mon voisin... Je me marie aujourd'hui même... J'épouse un beau jeune homme... bien bon... bien tendre... bien respectueux.

GEORGES *à lui-même.*

Oh! sans la porte! (*Il la remue.*)

THÉRÈSE, *plus fort.*

Très-respectueux... entendez-vous, voisin?

GEORGES.

Mais, voyons ma petite Thérèse, puisque cette porte doit s'ouvrir aujourd'hui... pourquoi pas tout de suite?

THÉRÈSE.

Parce que je ne veux entrer chez mon futur qu'en présence de témoins, et avec ma belle toilette.

GEORGES.

Mais cette toilette n'est-elle pas bientôt finie?

THÉRÈSE.

Un peu de patience... J'essayais tout à l'heure chez la voisine cette jolie robe blanche, qui m'a tout l'air d'une robe de noces!..

GEORGES.

Va-t-elle bien?...

THÉRÈSE.

Très-bien, je l'ai faite moi-même! Dame! j'en ai tant fait pour les autres!

GEORGES.

Mais ne nous manque-t-il pas quelque chose pour compléter la toilette de la mariée, par exemple, un bouquet de fleurs d'oranger?

THÉRÈSE.

Y avez-vous pensé, Monsieur?

GEORGES, *à part.*

Ah! c'est-elle!... c'est elle qui est venue!

THÉRÈSE.

Hein?

GEORGES.

Thérèse!... Thérèse! vous avez ouvert la porte ce matin?

THÉRÈSE.

Moi, Monsieur, pas du tout! (*Elle reprend son refrain.*)

GERVAIS, *annonçant, du fond.*

M. de Gournay.

GEORGES.

Enfin!... faites entrer!... (*A la porte.*) Voici mon témoin. (*M. de Gournay paraît.*) Dépêchez-vous!

THÉRÈSE.

Adieu!

GEORGES.

Non! Au revoir!... (*Envoyant un baiser à la porte.*) A bientôt!

SCÈNE IV.

GEORGES, GOURNAY, *puis* ERNEST BRIDOUX.

GOURNAY.

Vive Dieu! mon gaillard, quelle tendresse pour une porte fermée.

GEORGES.

Ah! mon bon monsieur de Gournay! mon tuteur, mon second père... que je suis heureux de vous voir!

ERNEST.

Et moi?

GEORGES.

Ernest!... Ernest Bridoux!

GOURNAY.

Eh! oui, Ernest Bridoux, mon neveu, mon héritier!

ERNEST.

Unique!

GOURNAY.

Qui s'est trouvé hier au débarcadère du chemin de fer d'Orléans... pour s'emparer de moi... et il a voulu absolument m'installer chez lui... pour me surveiller, j'imagine.

GEORGES.

Ah! bah!

ERNEST, *riant.*

Ha! ha! ha!

GOURNAY.

Il ne me quitte pas d'une minute... c'est mon ombre! Le diable m'emporte! je crois qu'il a peur que je fasse quelque folie.

GEORGES.

Charmant.

ERNEST.

Dame! Paris est une ville terrible pour les jeunes gens... Et mon oncle qui est dans l'été de la Saint-Martin... serait capable de convoler en secondes noces... C'est contagieux le mauvais exemple!

GEORGES.

Comment?

ERNEST.

Ainsi, vous vous mariez!... Ah! sapristi! quelle drôle d'idée!... Sournois, va!... il ne m'en avait rien dit... à moi un de ses amis intimes!

GEORGES.

Oh! intime!...

GOURNAY.

Comme on en a tant... quand il fait beau et qu'on les rencontre cinq minutes! (*Il va s'asseoir sur le canapé.*)

ERNEST, *regardant autour de lui.*

C'est donc ici que Rose va respirer. Eh! mais c'est très-gentil, tout ça... c'est très-bien arrangé... c'est Mombro qui t'a meublé?

GEORGES.

Non, c'est moi.

ERNEST.

Ha! ha! ha! le mot est joli... très-joli... et mon oncle n'y est pas pour quelque chose... là, vrai! (*Il va à la cheminée, dont il examine la garniture.*)

GEORGES.

M. de Gournay?

GOURNAY, *riant.*

Allons, bien! il va avoir peur que j'écorne pour toi son héritage!

ERNEST, *de même.*

Dame!... écoute donc, tu es si léger!

GEORGES, *de même.*

Il est franc, au moins.

GOURNAY.

Voilà comme il me fait des scènes!... et hier à propos d'une lettre...

ERNEST.

Ah ! oui, parlons-en... figurez-vous, cher, qu'en se déshabillant, lui... il laisse tomber une lettre de sa poche... une lettre mystérieuse, adressée à une demoiselle.

GEORGES.

Pas possible!

GOURNAY.

Que tu es bête!... une lettre d'affaires... dont notre maire... qui fait mon piquet tous les soirs... m'a chargé, pour une jeune fille qui doit demeurer près d'ici... rue du Helder.

GEORGES.

La rue qui donne dans la mienne.

ERNEST.

C'est un quartier très-dangereux... à ton âge!...

GOURNAY, *se levant.*

Ah! ça, je me révolte, à la fin! et quand j'irais rue du Helder tout seul... quand je verrais cette jeune fille... quand je lui ferais la cour?

ERNEST, *riant.*

Ah! mon oncle, ne dites pas de ces choses-là... ça me fait mal à l'estomac.

GEORGES, *de même.*

Il est superbe!

ERNEST.

Vous qui avez du bon sens, parlez lui donc raison... Ah! sapristi! vous avez un charmant gilet noir; c'est Renard qui vous a fait ça?... J'ai le pareil, tout pareil, seulement le mien est blanc.

GOURNAY, *montrant Ernest.*

Si l'on ne dirait pas le bourdonnement d'une guêpe entre une vitre et un rideau.

ERNEST, *riant et passant à droite.*

Ah! ah! très-joli.

GEORGES.

Mais il y a ici une odeur de cigare.

ERNEST.

Ah! c'est le mien que j'ai laissé dans la salle à manger... il m'attend.

GOURNAY.

Oui, encore un agrément!... il m'empeste depuis hier... chez lui, c'est comme une tabagie... quatre cigares par heure!...

ERNEST.

Et comme ça se trouve! mon oncle est comme les cheminées à la Prussienne, il ne fume pas! ah! ah! joli celui-là!... il est de moi! (*A Georges.*) Je vais chercher mon *Regalia*... vous permettez?

GEORGES.

Non... pas ici... l'appartement de ma future!

ERNEST.

Elle ne fume pas?

GOURNAY.

Ah! bon!

ERNEST.

Je veux dire, elle n'aime pas le cigare... Bah! elle s'y fera... je viendrai vous voir souvent.

GEORGES.

Merci!

GOURNAY.

Va-t-en fumer au diable... nous avons à causer ensemble.

GEORGES.

Il y a près de la salle à manger, un petit fumoir avec bibliothèque...

ERNEST.

Une bibliothèque! Je vais la visiter.

GEORGES.

Voulez-vous la clef?

ERNEST.

Oh! pas besoin... je ne regarde que les reliures, moi.

GOURNAY.

Bravo!

GEORGES.

Au moins, il a le courage de son opinion!

ERNEST.

Adieu! je vous confie mon oncle... ne lui parlez pas trop mariage, eh!

GEORGES.

Non! non!

(*Ernest sort par le fond.*)

GOURNAY.

Enfin! le voilà parti...

ERNEST, *revenant.*

Ah! dites donc, j'ai mené hier ce bon oncle à l'opéra... au debotté.

GOURNAY.

Ah! bien! Ah! bon! va toujours! (*Il s'assied sur une chaise près du guéridon*).

ERNEST.

Il grillait d'y aller... on donnait une grande machine en cinq actes... Ah! sapristi! c'est assommant! mais il y a un joli petit air de ballet qui vaut tout le reste... et Plunkett dansait... la petite Plunkett... mon oncle la dévorait!

GOURNAY.

Oh! si on peut dire!...

ERNEST.

Cela t'a fait de l'effet; allons, ça t'a fait de l'effet!... C'est qu'aussi quelles pointes elle nous a données!... Figurez-vous, cher, elle vient du fond du théâtre jusqu'à la rampe comme ça... (*Il imite un pas.*)

GOURNAY.

Bon! il va danser!

GEORGES.

Je sais! je sais!...

ERNEST.

Ce n'est pas ce bon oncle qui en ferait autant.

GOURNAY.

Bah! pour 40,000 francs par an, on ne sait pas!... on ne sait pas!

ERNEST.

Moi, pendant l'opéra, j'étais absorbé par une avant-scène... une femme superbe! ah! sapristi! la belle personne!... Vous qui allez souvent par là, vous ne savez pas qui est-ce qui a loué l'avant-scène de gauche... rez-de-chaussée...

GEORGES.

Pas le moins du monde.

ERNEST.

Il paraît que c'est de la haute volée... on le disait autour de nous... une tête ravissante... une main! un bras!... des diamants! et au fond de la loge un monsieur... un heureux mortel... Je ne connais pas, mais sapristi! la belle femme!

GOURNAY (*se levant*).

As-tu fini!

ERNEST.

Mon oncle enrage... il ne l'a pas vue... il ne regardait que le corps de ballet.

GEORGES.

Vrai!

GOURNAY.

Dame! toutes ces jambes chorégraphiques!...

ERNEST.

Voyez-vous! voyez-vous!... ça lui fait de l'effet!... allons, je vous gêne peut-être?

GEORGES, *riant.*

Non! non!

GOURNAY.

Il s'en aperçoit!

ERNEST.

Je vas fumer en rêvant à elle!

GOURNAY.

Bien! bien! va dormir!

ERNEST, *à la porte.*

Ah! Georges!... vous me présenterez à la mariée, cher!...

GEORGES.

Certainement!

ERNEST.

Ah! sapristi! la belle femme! (*Il sort par le fond*).

SCÈNE V.

GOURNAY, GEORGES.

GOURNAY, *regardant sortir Ernest.*

Mon héritier! c'est triste, il y a une chose qui me console... c'est qu'il n'est que mon neveu! et dame! je me dis : ce n'est pas ma faute!

GEORGES.

Cela regarde son père !... voilà mon bon monsieur de Gournay, voilà ce que c'est que de vieillir garçon... on n'a pas d'héritier de sa façon.

GOURNAY.

Que veux-tu ? je me suis laissé glisser sur la pente douce du célibat ; j'ai fait comme ces nageurs timides qui contemplent piteusement le grand bain, sans oser piquer une tête. Pendant quinze ans, je me disais : « Non... je n'ose pas encore... l'eau n'est pas assez bonne. » Et depuis quinze ans, je me dis : Non décidément, c'est trop profond... je n'ose plus. J'en ai tant vu s'y noyer... dans le grand bain du mariage !

GEORGES.

Que vous n'avez pas donné votre tête.

GOURNAY.

Et toi, tu donnes la tienne aujourd'hui, comme ça, de gaîté de cœur !

GEORGES.

Et sans trembler !

GOURNAY.

Mais voyons, mon garçon..., à présent que cet animal n'est plus à bourdonner autour de nous... pourquoi diable ! m'as-tu fait un mystère de ce mariage, jusqu'au jour où il n'est plus possible de l'empêcher !

GEORGES, *riant.*

C'est vrai !

GOURNAY.

Tu m'appelles comme témoin, quand tu aurais dû me consulter comme un ami, comme un père ! je ne suis pourtant pas bien terrible. Je fais de la morale en riant, en amateur.

GEORGES.

Ah ! c'est qu'alors prenant votre plus grosse voix et fronçant le plus possible vos sourcils...

GOURNAY.

Comme Jupiter ! ça ne me va pas du tout, ça me rend fort laid.

GEORGES.

Vous m'eussiez dit : « Miséricorde ! mon garçon ! un mariage d'amour... à ton âge... dans ta position ! une fille sans dot avec ta fortune ! une ouvrière, à toi qui tiens à une famille des plus distinguées de la Touraine ! ce mariage enfin, pour toi qui n'a jamais mené la vie de garçon !... mais ça ne se peut pas... c'est impossible ! à force de raison... c'est de la folie ! tranchons le mot, c'est une bêtise ! »

GOURNAY.

Justement ! très-bien... je crois m'entendre, et je me fais plaisir !

GEORGES.

Oh ! je connais ce thème-là !

GOURNAY.

Et les variations ?

GEORGES.

C'est un texte vieux comme le monde... pour lequel il y a un arsenal d'arguments sans réplique... de traits formidables... écrasants... pour le malheureux qui ne peut dire et répéter qu'une chose, qui n'a qu'une idée, qu'une pensée, qu'une parole : J'aime ! j'aime ! le bonheur est là... je le vois, je le devine, il m'appelle... ne me retenez pas... ne m'empêchez pas d'aller à lui !

GOURNAY.

C'est ça... on pique sa tête ! et voilà justement comme on se noie !

GEORGES.

Non, non, mon bon monsieur Gournay !... je me suis dit tout ce que vous m'auriez dit vous-même... et j'ai eu réponse à tout !... Si bien qu'aujourd'hui les bans sont publiés, le maire a mis son écharpe, l'autel est prêt, et mon bonheur est sans remède.

GOURNAY, *passant à droite.*

Pas encore ! je ne tourne pas si vite !

GEORGES.

Aujourd'hui, je puis vous dire : celle que j'aime est là... (*Il indique la petite porte perdue à gauche*).

GOURNAY.

Ah ! bah ! je m'en doutais... la porte à laquelle tu parlais avec tant de passion !..

GEORGES.

Oui, là, dans un modeste réduit, où tout atteste la plus douce candeur, le travail le plus courageux, la vertu la plus pure.

GOURNAY.

Laisse-moi donc tranquille !... la vertu la plus pure !... porte à porte avec ton amour... quelque petit nez retroussé, qui ne sait pas mettre les verroux !

GEORGES.

Ah ! ne croyez pas...

GOURNAY.

Ou qui les met pour que le mariage les ôte !

GEORGES.

Non ! c'est à force de tendresse, c'est par les soins les plus délicats que j'ai obtenu sa main ; à peine si elle ose m'écrire quelques billets charmants !...

GOURNAY.

Que tu as là sur ton cœur... avec une boucle de ses cheveux !

GEORGES.

Comme vous dites !... et cet appartement que je n'ai pas encore habité, qu'elle ne connait même pas, où je lui ménage toutes les surprises du luxe et de la fortune, n'aura pas de retraite plus délicieuse que cette pauvre petite chambre qui ne m'est pas toujours ouverte ! où rayonne dans l'ombre comme une créature céleste, cette jeune fille, dont le cœur n'a jamais battu que pour moi, dont la pensée est toujours une pensée sœur de la mienne !...

GOURNAY, *ému.*

Dire que j'ai été comme ça et que j'ai reculé.

GEORGES.

Ah ! si vous l'eussiez vue comme moi !

GOURNAY.

Eh ! bien ! on demande à voir ! que diable ! il m'entraine... je tourne ! je tourne ! mais je serai ferme, et rien n'est fait encore !... je romprai tout, s'il le faut, ou nous nous brouillerons !

GEORGES.

Ah ! ne dites pas cela ! devant tant de beauté, unie à tant de grâces et de vertus, vous vous inclinerez... comme moi !

GOURNAY.

Allons donc !

GEORGES.

Et vous comprendrez tout ce que le monde me doit de reconnaissance pour lui avoir rendu un ange qui était perdu pour lui !

SCÈNE VI.

THÉRÈSE, GEORGES, GOURNAY.

La petite porte de gauche s'ouvre et Thérèse paraît sur le seuil.

THÉRÈSE.

Georges !...

GOURNAY (*l'apercevant*).

Hein !

GEORGES.

C'est elle !

THÉRÈSE, *tendant la main à Georges.*

Merci ! merci !

GEORGES, *lui baisant la main.*

[illegible] (*lui présentant M. de Gournay.*) M. de Gournay ! (*M. de Gournay salue respectueusement Thérèse.*)

THÉRÈSE, *timidement.*

Le tuteur, le second père dont vous m'avez souvent parlé... un ami de votre famille qui deviendra le mien, je l'espère... quand il me connaîtra.

GOURNAY.

Je crois que c'est fait.

GEORGES.

Oh ! n'ayez pas peur... il a bien l'air un peu sévère, comme ça de prime-abord... il a bien encore quelques vieux préjugés... hein ! nous croyons à l'influence du vendredi, n'est-ce pas ? et au danger des mariages d'amour.

GOURNAY.

Mademoiselle serait faite pour les faire aimer.

GEORGES *montrant Gournay à Thérèse.*

Et je suis sûr que vous l'aimerez comme moi... je veux dire comme je l'aime... quand vous le connaîtrez.

THÉRÈSE.

Je crois que c'est fait.

GOURNAY, *allant à elle.*

Mademoiselle !...

GEORGES *prenant son chapeau au fond.*

Bravo !... à présent que je vous ai présentés l'un à l'autre, je ne veux pas influencer notre juge (*A M. de Gournay*); allons, accablez-la de questions bien importantes, bien solennelles. (*A Thérèse.*) Et vous, Thérèse, répondez-lui, et souvenez-vous tous les deux que si vous ne vous accordiez pas... s'il me fallait renoncer à l'amitié de l'un... ou à l'amour de l'autre... ah! je serais bien malheureux. (*Il remonte*).

THÉRÈSE, *voulant le retenir.*

Georges! mon ami!

GEORGES.

Du courage!

(*Il sort vivement par le fond*).

SCÈNE VII.

GOURNAY, THÉRÈSE.

Ils restent tous les deux un instant silencieux et un peu embarrassés.

GOURNAY, *à part sur le devant.*

Me laisser seul tête à tête avec cette jeune fille! le diable m'emporte si je sais que lui dire!

(*Silence*).

THÉRÈSE, *à part au fond.*

Il a bien de la peine à commencer.

GOURNAY, *prenant son parti.*

Mademoiselle!

THÉRÈSE, *effrayée.*

Monsieur!

GOURNAY.

Pardon! je ne sais trop comment vous expliquer... je ne voudrais pas certainement... je serais désolé... d'ailleurs...

THÉRÈSE.

Vous êtes plus embarrassé que moi, je le vois bien...

GOURNAY, *à part.*

C'est ma foi vrai!

THÉRÈSE.

Voulez-vous que je vous aide un peu? (*Elle lui offre un siége*).

GOURNAY.

Parbleu! vous me ferez plaisir!

THÉRÈSE.

Si par hasard, vous ne veniez à Paris que pour rompre le mariage de votre ancien pupille... avec une pauvre jeune fille.

GOURNAY.

Vous n'y êtes pas tout à fait. (*Il s'assied*).

THÉRÈSE, *qui a été chercher une petite chaise à droite.*

J'en suis bien près.. Soyez franc! (*Elle s'assied*).

GOURNAY.

Eh! bien, franchement.., c'est un peu vrai... que voulez-vous? j'avais peur!

THÉRÈSE.

Eh! de quoi, monsieur?

GOURNAY.

Eh! mon Dieu! mon enfant, est-ce que le poltron qui n'ose pas entrer dans une pièce sombre sans lumière, sait de quoi il a peur?... j'avais peur du mariage en général...

THÉRÈSE.

Et du nôtre surtout.

GOURNAY.

C'est encore vrai... j'avais peur pour Georges... des espérances trompées; des rêves évanouis... des illusions perdues. J'avais peur enfin des chagrins de toutes sortes qu'on sème à son âge et qu'on récolte au mien... triste moisson... où il n'y a pas de glaneurs!

THÉRÈSE.

Vous n'aviez pas confiance en moi.

GOURNAY.

Je ne vous connaissais pas.

THÉRÈSE.

C'est juste!

GOURNAY.

Je me disais, Georges est jeune... C'est un noble cœur, plein d'élan, plein de feu!...

THÉRÈSE.

Oh! oui, un noble cœur!

GOURNAY.

Il se sera follement épris d'une adroite petite grisette... (*Thérèse baisse les yeux.*) Quelque minois chiffonné, des yeux à la chinoise... la beauté du diable!.. vous voyez bien, Mademoiselle, que je ne vous connaissais pas! (*Reprenant son idée.*) Elle sera bien douce, bien calme, disais-je... toujours avant de vous connaître.. tout, jusqu'à sa vertu, sera un piége pour mon pauvre Georges, si riche et si confiant... et plus tard le moindre des accidents, c'est qu'elle aura derrière elle un régiment de frères, de cousines, de cousins, surtout... une famille impossible!

THÉRÈSE.

J'ai le malheur de n'avoir pas de famille, Monsieur!

GOURNAY.

Ah!... Oh! je ne faisais nullement allusion... quant à vous, rien qu'en vous voyant, à cet air de candeur, je suis devenu un peu... Georges pour vous!... et, cependant vous êtes là porte à porte avec lui!

THÉRÈSE.

Je croyais que M. Georges vous avait répondu sur ce point, Monsieur.... Jamais il n'a franchi le seuil de cette porte... et moi, Monsieur, j'entre ici pour la première fois... Je ne connaissais pas cet appartement qui doit être le mien... et mes yeux en sont éblouis..... Il paraît que votre pupille est riche?

GOURNAY.

Vous ne le saviez pas?

THÉRÈSE.

Je ne lui ai jamais demandé quelle était sa fortune;... heureuse, dans ma pauvre petite chambre, je dois tout à mon travail... tout, jusqu'à ma robe de noces que j'ai faite moi-même! je n'ai rien accepté de monsieur Georges... que son cœur, parce que je l'aime... et sa main, parce que je suis une honnête fille.

GOURNAY.

Oh! il est trop heureux! (*Avec inquiétude*) et vous êtes seule... votre mère?...

THÉRÈSE, *très-émue.*

Je ne me souviens pas de l'avoir jamais vue... Et ce souvenir, s'il m'était resté, serait de ceux qu'il faut oublier! (*Elle se lève.*)

GOURNAY.

Que dites-vous?

THÉRÈSE.

Ah! Monsieur... Georges vous aime... Je n'aurai pas de secret pour vous... Non, je n'ai pas connu ma mère, Monsieur... mais ces soins, ces caresses qu'une mère prodigue à son enfant, ne m'ont jamais manqué!... Ce baiser du soir qui l'endort et ce baiser du matin qui le réveille, mon front les a reçus chaque jour d'un être chéri dont la mémoire est en même temps une douleur cruelle et une jouissance ineffable... de mon père!..... (*Etouffant ses pleurs.*) Pardon, Monsieur... de ces larmes...

GOURNAY, *à part.*

Eh! parbleu! moi aussi, je pleure!

THÉRÈSE.

Elles viennent autant du souvenir de mon bonheur que de l'amertume de mes regrets!... mon père était un laborieux professeur, adoré de ses élèves! Après des travaux qu'on lui payait bien mal, sa seule joie, son seul plaisir était de me donner à moi-même une éducation qui devait m'élever plus tard au-dessus de mon état... moi, je le payais d'un baiser! Et, heureux de cette vie modeste, nous n'avions jamais connu la douleur... lorsqu'un jour.. tout émue de la tendresse d'une de mes compagnes pour sa mère... Et moi, dis-je à mon père, qui souriait, moi je n'ai donc pas de mère! « Tout à coup sa figure se troubla... Son regard toujours si doux devint terrible... Ne me parle jamais de cette femme, s'écria-t-il! Elle a fait mon malheur et ma honte! »

GOURNAY, *à part.*

Pauvre homme! Encore un!

THÉRÈSE.

Il sortit, et je restai muette, interdite! Quand je le rejoignis.. je le trouvai la figure inondée de larmes, et, en le voyant pleurer, je pleurai aussi, sans comprendre... il prit ma tête dans ses mains, et me dit, en m'embrassant: «Cette femme est morte!... Ta mère, c'est moi! c'est moi!»

GOURNAY.

Oh! si elle est morte!...

THÉRÈSE.

Après les paroles qu'il m'avait dites, je n'eus pas un mot de regret pour elle... Oh! c'était mal, n'est-ce pas? Monsieur!... mais j'eus peur d'offenser mon père.

GOURNAY.

Oui, oui, je comprends.

THÉRÈSE.

Il ne m'en parla plus... et peu à peu le bonheur et la joie rentrèrent dans notre petit logement, si gai, si riant, jusqu'au jour où le ciel m'enleva mon seul ami, ma seule famille! « Sois honnête, murmurait-il en mourant.., plus honnête que. . » Le reste expira sur ses lèvres... Ah! voyez vous, Monsieur, le travail avait usé sa vie... mais un chagrin secret lui avait rongé le cœur.. C'était fini, j'était orpheline.

GOURNAY.

Pauvre enfant!

THÉRÈSE.

Oh ! cette fois, je pleurai... je pleurai mon père et ma mère dans la même personne... car je restais seule, toute seule au monde, et avec tant de chagrins que j'espérais bien en mourir... mais, le chagrin à vingt ans, on a beau faire, on n'en meurt pas... un beau soleil sèche vos larmes... On veut être triste .. les oiseaux vous font chanter... On se dit : Je n'aimerai plus rien que ma douleur... que mes souvenirs ! Et, puis, un jour, le hasard... ou plutôt la Providence met sur votre chemin un ami, un frère, une affection nouvelle... le regard de cet ami vous fait baisser les yeux..... sa parole si tendre vous remplit le cœur d'un sentiment inconnu ! on voit par ses yeux... on vit par son âme ! la douleur amère d'autrefois n'est plus qu'une douce mélancolie !... on est guéri... on aime ! Voilà comme j'ai connu M. Georges ! Voilà comment M. Georges m'a aimée !

GOURNAY.

Et il a bien fait... Ah ! pardonnez-moi, mon enfant, mes doutes, mes questions... pardonnez-moi ma vieille sottise !

THÉRÈSE.

Ah ! Monsieur !

GOURNAY.

Je veux être votre ami, votre père comme celui de Georges... Tenez, embrassez-moi ! (*Il lui tend les bras.*)

THÉRÈSE, *courant l'embrasser.*

Oh ! de tout mon cœur !...

SCÈNE VIII.

LES MÊMES, GEORGES, *puis* ERNEST.

GEORGES, *entrant par le fond.*

Que vois-je ! l'accusée dans les bras de son juge !

GOURNAY.

Eh ! viens ! viens que je te félicite !... tu as raison... c'est un ange ! et vois-tu, si tu ne l'épousais pas, je l'épouserais, moi !...

GEORGES.

Allons donc ! j'en étais bien sûr !

THÉRÈSE, *serrant la main de Georges.*

Mon ami !

GOURNAY.

Oui, trouve-moi la pareille, et je me marie !...

ERNEST, *qui est entré sur les derniers mots.*

Hein !... mon oncle ! Ah ! sapristi ! ne plaisantons pas !

GOURNAY.

A l'autre !

GEORGES, *riant.*

Ah ! il arrive bien !

THÉRÈSE.

Quelqu'un ! (*Elle veut sortir.*)

GEORGES, *la retenant.*

Eh ! non, restez !... (*Il fait asseoir Thérèse près du guéridon.*)

ERNEST.

Ce que c'est que ces jeunes gens ! On ne peut pas les laisser un instant seuls...!

GOURNAY.

Ah ! tu mériterais bien que cela fût !

ERNEST.

Oui, je vous le conseille !

GEORGES.

Allons, venez ici, beau neveu... pour vous rassurer, je vais vous présenter à ma future

ERNEST.

Ah ! c'est votre future !... Alors, c'est différent !...

GEORGES, *à Thérèse.*

Monsieur Ernest Bridoux... un de nos fashionables.

ERNEST, *saluant Thérèse.*

Mademoiselle ! (*La regardant*) Ah ! sapristi !

GEORGES.

Hein !

GOURNAY.

Qu'est-ce !

ERNEST.

Rien... non, rien... C'est que...

THÉRÈSE, *à part.*

Mon Dieu ! Comme il me regarde !

GOURNAY.

Ah ! ça... avec ton air effaré...

GEORGES.

Au fait...

ERNEST.

Eh ! mais, il me semble que c'est tout naturel... en présence de tant de grâce... de tant de beauté... et puis...

GOURNAY, *passant et s'asseyant à gauche du guéridon.*

A la bonne heure !

ERNEST, *à part.*

Mais c'est ça ! C'est ça ! (*Haut.*) Il me semble que j'ai déjà eu l'honneur de voir madame...

GOURNAY.

Mademoiselle !

ERNEST.

Mademoiselle, c'est possible !

GEORGES, *riant.*

Ha ! ha ! ha ! il est amusant !

THÉRÈSE.

Moi, je ne me souviens pas... si j'avais vu Monsieur, je m'en souviendrais.

GOURNAY, *riant.*

Parbleu ! il y a des figures qu'on n'oublie pas.

ERNEST.

C'est vrai ! c'est vrai ! (*A Georges.*) Mon compliment, cher ! (*A part.*) Farceur, va ! C'était lui dans le fond de la loge.

GEORGES, *à Thérèse.*

C'est le neveu de M. de Gournay... par conséquent un ami.

ERNEST.

Certainement, j'espère que madame de Chenevières me permettra de lui faire quelques visites... à Paris... à la campagne... au spectacle même... dans sa loge... (*A Georges.*) Vous aurez une loge à l'Opéra, cher ?

GEORGES (*appuyé sur la chaise de Thérèse.*)

Mais si ma femme le désire.

ERNEST.

Madame... pardon, Mademoiselle doit aller à l'Opéra.

THÉRÈSE.

Moi, Monsieur... Je n'y suis allée qu'une fois.

ERNEST.

C'est cela !

GOURNAY.

Qu'est-ce que tu dis ?

ERNEST

Je dis : C'est cela... est-ce que je ne peux pas dire : C'est cela !

GEORGES.

Pour moi... il y a deux mois, au moins, que je n'ai mis les pieds à l'Opéra !

ERNEST.

Ah ! bah !

GOURNAY, *se levant.*

Qu'est-ce que tu as encore avec tes ah ! bah !

ERNEST.

Eh ! bien, oui, ah ! bah !

THÉRÈSE, *à Georges.*

Mais à qui en ont-ils donc tous les deux !

ERNEST, *à Gournay.*

Comment ! vous ne reconnaissez pas. (*A part*) Ah ! non, c'est juste ! il ne l'a pas vue.

GOURNAY.

Allons ! Tiens ! Tu serais fou, si tu n'étais pas bête !

ERNEST, *avec intention.*

C'est un avantage que j'ai sur ceux qui seraient bêtes, s'ils n'étaient pas fous.

GEORGES, *riant.*

Singulier avantage !

ERNEST, *à part.*

Il ne comprend pas !

SCÈNE IX.

LES MÊMES, GERVAIS.

GERVAIS, *à la porte du fond.*

Monsieur, la personne qui a mis sa carte ce matin... Monsieur Jules d'Anceny...

GEORGES.

Ah ! priez-le d'attendre dans le salon... Je ne sais ce qu'il me veut.

GERVAIS, *apercevant Thérèse.*

... (*A part.*) C'est elle !...

GEORGES.

Eh! bien! (*A Gervais qui regarde Thérèse avec étonnement.*)

GERVAIS.

J'y vais, Monsieur. (*A part.*) Elle est donc rentrée?... Par où! (*Regardant la petite porte.*) Ah!... au fait.

ERNEST, *à part, regardant Thérèse.*

Je l'aimais mieux avec ses diamants. (*Thérèse paraît embarrassée de ses regards.*)

GOURNAY, *tirant sa montre.*

Georges, pour quelle heure le mariage?

GEORGES.

Pour midi.

GOURNAY.

Oh! alors, j'ai bien le temps de porter la lettre de mon maire.

ERNEST.

Oui! allons!

GOURNAY.

Est-ce que tu vas m'accompagner encore là?

ERNEST.

Non... non... je vous attendrai sur le boulevard, en fumant mon cigare...

GEORGES.

A bientôt.

ERNEST, *passant et la saluant.*

Madame... Je veux dire Mademoiselle! (*Bas, à Georges, en remontant.*) Vrai, cher, vous vous mariez?

GEORGES.

Eh! mais, sans doute!

ERNEST, *de même.*

Vous avez tort... On aime ces petites femmes-là! on les adore! mais on ne les épouse pas!

GEORGES.

Monsieur!

THÉRÈSE.

Qu'est-ce donc?

GOURNAY, *revenant.*

Qu'est-ce qu'il a dit?

ERNEST.

Rien... Rien... Je n'ai rien dit. (*Regardant Thérèse.*) Je ne dirai rien. (*Jetant un regard sur Georges.*) Soyez tranquille. (*A Gournay.*) Venez-vous?

GOURNAY.

Tu as fini! il est temps!

ERNEST, *bas en sortant.*

Vous ne l'avez pas reconnue?

GOURNAY.

Eh! va te promener! (*On les entend discuter encore quand ils sont sortis.*)

GEORGES, *à part.*

L'insolent!

THÉRÈSE.

Mais qu'avait donc ce jeune homme à me regarder en riant?

GEORGES.

Oh! mon mariage l'étonne... il n'a pas le cœur de son oncle pour me comprendre.

THÉRÈSE.

Il m'a fait rougir et baisser les yeux!

GEORGES.

Heureusement que baissés, ils sont très-beaux encore. Ah! l'on vous regardera souvent ainsi, je vous en préviens! mais, enfin, nous sommes seuls... ne voulez-vous pas visiter cette chambre que je me suis plu à embellir pour vous!...

THÉRÈSE.

Non, Monsieur... Je me repens déjà d'être entrée ici... Je ne sais... J'ai le cœur serré... comme s'il allait m'arriver un malheur?

GEORGES.

Oh! n'ayez pas de ces tristes pensées là! vous effaroucheriez notre bonheur!... Thérèse!... venez! (*Il ouvre à droite.*)

THÉRÈSE.

Eh! bien, cette chambre, voyons-la vite... d'ici, et je me sauve. (*De la porte de la chambre.*) Oh! charmante!... mais c'est trop beau pour moi! Tenez, quand je serai trop fière de mon bonheur (*Montrant la chambre de gauche*) j'irai revoir celle-là! Adieu! On vous attend, et mes amies doivent m'attendre aussi pour achever ma toilette.

GEORGES, *lui baisant la main.*

Oh! dépêchez-vous!... (*Elle va pour sortir.*) Eh! mais, Thérèse!...

THÉRÈSE, *revenant.*

Quoi donc!

GEORGES.

Et la couronne... le bouquet de la mariée. (*Il la lui montre. Gervais rentre sans être vu.*)

THÉRÈSE, *y courant.*

Ah! vous y avez pensé!

GEORGES.

Non, j'avoue ma faute... mais quelqu'un y a pensé pour moi... une femme... je ne sais laquelle...

GERVAIS, *bas à Georges, du fond.*

Chut! Monsieur.

GEORGES, *étonné de le voir près de lui.*

Hein?

GERVAIS, *bas.*

C'est elle! (*Il sort par la porte de droite.*)

THÉRÈSE.

Oh! que c'est bien. (*Elle examine les fleurs.*)

GEORGES, *à part.*

D'elle!... Ah! j'avais deviné... mais pourquoi ce mystère?

THÉRÈSE, *revenant à lui.*

Ces fleurs, mon ami, je voulais les tenir de vous... et quelle que soit la personne qui en a fait l'emplette... je vous en remercie. Adieu. (*Elle sort vivement au moment où M. D'Anceny paraît à la porte du fond. Il la voit s'échapper.*)

GEORGES, *sans voir D'Anceny.*

Elle voulait les tenir de moi... et sa malice a donné une leçon à mon amour.

GERVAIS, *annonçant.*

M. Jules D'Anceny.

GEORGES.

Ah! (*Gervais sort.*)

SCÈNE X.

GEORGES, D'ANCENY, *à la fin* GOURNAY.

D'ANCENY.

Pardon, Monsieur... je suis indiscret... mon arrivée a mis en fuite... quelqu'un... j'ai vu s'échapper une robe blanche.

GEORGES.

Monsieur... c'est ma sœur.

D'ANCENY.

Tant pis!

GEORGES.

Comment?

D'ANCENY.

Oui, une idée... j'aurais mieux aimé que ce fut une autre... une femme... une maîtresse... parce que alors vous seriez..... c'est-à-dire, je ne serais pas... Enfin, vous êtes bien M. Georges de Chenevières?

GEORGES.

Lui-même. (*Il lui montre un fauteuil et l'invite à s'asseoir.*) Monsieur...

D'ANCENY, *allant et venant.*

Non, merci... je ne m'asseoirai pas... je suis tellement nerveux, en ce moment surtout, que j'ai besoin de marcher, d'aller de venir. Le *statu quo*, au physique comme au moral me serait impossible.

GEORGES.

Comme il vous plaira, Monsieur.

D'ANCENY.

Ma visite ne sera pas longue; il s'agit simplement d'éclaircir un fait. Voyons, là, franchement, sans détours entre nous : aimez-vous ou n'aimez-vous pas la Baronne?

GEORGES, *étonné.*

La Baronne!... Quelle Baronne?

D'ANCENY, *avec un peu d'impatience.*

Mais la Baronne, Monsieur... tout le monde connaît la Baronne...

GEORGES.

Mais ce n'est pas un nom. La Baronne de quoi?

D'ANCENY.

Eh! mon Dieu! la Baronne de ce que vous voudrez. La Baronne trois étoiles... Mais de grâce, ne jouons pas au fin. Cartes sur table, je vous en prie, je vais vous montrer mon jeu.

GEORGES.

Je n'en abuserai pas.

D'ANCENY.

Suis-je trompé, bafoué, vais-je l'être? dites franchement, je déteste l'incertitude... et d'ailleurs, au premier moment je saurai à quoi m'en tenir... Elle sort souvent... elle sort toujours, je ne sais où elle va; mais je la fais suivre... ce n'est pas de très-bon goût. C'est un peu conjugal. Ça me couvre de ridicule..... mais, bah! le ridicule est un vêtement qui tient chaud.

GEORGES, *riant à part.*

C'est un original.

D'ANCENY.

Voyons, Monsieur, à votre tour. Je vous ai montré mes atouts. Abattez, que je sache ce qui reste à faire avec vous. Coupez-vous à cœur, sommes-nous rivaux?

GEORGES.

Rivaux!... mais d'abord...

D'ANCENY.

Tel que vous me voyez, Monsieur, je viens de chez elle : elle n'y était pas. Partie, m'a-t-on dit; partie... pour où?... en attendant que je le sache, j'ai cassé pour mille écus de glaces; c'était superbe, c'est ma carte de visite.

GEORGES, *riant.*

Vous m'effrayez, Monsieur!...

D'ANCENY.

Oh! je suis chez vous, Monsieur, mais je veux la retrouver... Elle a un langage qui m'amuse, des mots, de l'esprit, et du cœur quelquefois, de loin en loin. Elle n'en abuse pas. Elle est d'une taille heureuse. Elle fait très-bon effet dans une américaine. Elle parle allemand; c'est agréable quand on voyage. Elle joue du piano, pas trop, assez pour vous endormir. Vous comprenez.

GEORGES.

Je comprends que vous êtes faits l'un pour l'autre.

D'ANCENY.

Parbleu! si on venait vous dire : tiens, vous avez-là une jolie causeuse, je la prends, je vous mettrai un Voltaire, une ganache à la place. Eh bien! non, vous jetteriez l'individu et le Voltaire par la fenêtre!... Voilà mon affaire; sur l'honneur l'aimez-vous ou ne l'aimez-vous pas? Si c'est non, une poignée de main. Si c'est oui, je vous laisse le choix des armes.

GEORGES.

Avez-vous fini, Monsieur?

D'ANCENY.

Oui... Attendez. Oui.

GEORGES, *sérieusement.*

Eh bien! Monsieur, sur l'honneur, je ne connais pas cette personne!

D'ANCENY.

Vrai!

GEORGES.

Monsieur!...

D'ANCENY.

C'est inouï! mais elle vous connaît. Elle parle de vous, elle fait votre éloge... c'en est humiliant pour moi.

GEORGES.

J'en suis fâché.

D'ANCENY.

Hier encore, je l'ai surprise écrivant votre nom, vos prénoms, votre adresse.

GEORGES.

Sur l'honneur, Monsieur, je n'ai reçu ni une visite, ni une lettre, dont vous ayez sujet de me demander raison.

D'ANCENY.

Je vous crois, Monsieur, je vous crois. C'est une idée en l'air, un caprice incognito, comme ces baronnes-là en ont quelquefois...

GEORGES.

Monsieur, pour vous rassurer tout à fait, je n'ai qu'un mot à vous dire...

D'ANCENY.

Dites, Monsieur, dites... car franchement je suis jaloux.

GEORGES.

Moi, Monsieur, je suis amoureux fou de la plus honnête fille du monde.

D'ANCENY.

Oh! bien... ce n'est pas ça!

GEORGES.

Et je me marie dans une heure.

D'ANCENY.

Ah!... Monsieur, je vous demande en grâce de vouloir bien agréer mes plus loyales excuses.

GEORGES, *le reconduisant.*

Monsieur!...

GOURNAY, *sortant de chez Thérèse.*

Bien! bien!

D'ANCENY, *se retournant.*

Hein!

GEORGES.

Vous, par ici!

GOURNAY, *très-ému.*

Ah! mon pauvre Georges...

D'ANCENY.

Quoi? plaît-il... il y a quelque chose?

GEORGES.

Monsieur est mon témoin.

D'ANCENY.

Ah! pardon, Messieurs, j'ai bien l'honneur de vous saluer. Je croyais encore.. c'est que je suis tellement nerveux... (*Il sort vivement par le fond.*)

SCÈNE XI.

GEORGES, GOURNAY, *puis* THÉRÈSE.

GOURNAY.

Quel est cet homme?

GEORGES.

Oh! un original, un fou... mais par quel hasard, là... chez Thérèse!... Mon Dieu! quelle émotion! qu'avez-vous? Comment se fait-il?...

GOURNAY.

Cette lettre, tu sais, que je devais remettre ici près... dans la rue voisine... c'était pour elle...

GEORGES.

Pour Thérèse?

GOURNAY.

Mademoiselle Disner...

GEORGES.

En effet, c'est son nom!

GOURNAY.

Voilà ce que je ne savais pas. J'avais laissé sur le boulevard, mon neveu, qui m'a fait un tas de contes auxquels je n'ai rien compris. Je vais à l'adresse indiquée... dans cette maison... Je me trouve en face de la future... qui n'était pas moins stupéfaite que moi... tout s'explique : et je lui remets cette lettre qui était bien pour elle.

GEORGES.

Cette lettre... de qui donc?

GOURNAY.

Je ne sais, c'est mon vieux maire qui m'en a chargé. Elle l'ouvre, et en la parcourant, elle devenait pâle, tremblante... Tout à coup, elle fond en larmes... et elle tombe presque évanouie dans mes bras.

GEORGES, *faisant un pas vers la porte.*

Grand Dieu!

GEORGES.

Qu'est-ce donc, m'écriai-je?... cette lettre!... mais elle la serrait convulsivement dans sa main... Allez, me dit-elle, allez trouver M. Georges; je ne dois plus le revoir... Ce mariage est impossible.

GEORGES.

Impossible!

GOURNAY.

Et comme j'insistais pour tout savoir, elle me montra cette porte... Consolez-le, ajouta-t-elle, en fondant en larmes, il en aura besoin.

(*Thérèse entre par la petite porte*).

GEORGES, *courant à Thérèse.*

Ah! Thérèse! Thérèse! (*Thérèse est pâle et défaite; elle a une lettre à la main. Georges se retourne vers M. de Gournay.*) Ah! de grâce. (*M. de Gournay sort par la droite, en regardant Thérèse avec émotion.*)

SCÈNE XII.

GEORGES, THÉRÈSE.

GEORGES.

Ah! quel est donc ce malheur qui vient fondre sur nous; vos secrets ne sont-ils plus les miens?

THÉRÈSE.

Que me demandez-vous, mon ami... mon frère?

GEORGES.

Votre epoux.

THÉRÈSE.

Jamais!

GEORGES.

Oh! ce n'est pas vous qui parlez. Je suis le jouet d'un rêve. Est-ce une épreuve? Non, ce serait trop cruel. Oh! ne me laissez pas dans cette affreuse incertitude... Je vous prie... je vous en prie à genoux!...

THÉRÈSE.

Eh bien! mon père m'avait trompée! (*Lui tendant la lettre*). Lisez : (*Georges prend la lettre, qu'il lit d'une voix tremblante.*)

GEORGES, *lisant*.

« Thérèse, vous êtes ma fille... j'ai vécu, j'ai vieilli loin de » vous, sans chercher à vous connaître. J'ai accepté pendant » vingt ans ce châtiment... mérité. (*Il regarde Thérèse qui se cache la figure dans ses mains, et après un silence, il continue.*) » Mais je n'ai pas le courage de mourir sans vous dire adieu... » Infirme, abandonnée de tous, ne recevant pas même un sou- » venir de celle pour qui j'ai tant souffert... (*Il la regarde.*) Celle pour qui elle a tant souffert... Qui donc?...

THÉRÈSE.

Je ne comprends pas.

GEORGES, *continuant*.

» Je tends vers vous mes mains suppliantes... et au moment » de rejoindre votre père, qui fut inexorable sur la terre, je » vous demande un pardon... un baiser qui me réconcilie avec » lui dans un meilleur monde. — Caroline Disner. » (*Il achève d'une voix étouffée.*) « Hôpital... de... Nantes. » (*Thérèse cache ses larmes. Georges, très-ému, n'ose la regarder, sa main retombe tenant la lettre.*)

THÉRÈSE, *prenant la lettre, après un silence*.

C'est ma mère, Monsieur...

GEORGES.

Dites... notre mère, Thérèse.

THÉRÈSE.

Ah! vous êtes le meilleur, le plus généreux des hommes! Mais votre amour même m'impose des devoirs... Georges, je ne puis plus être à vous, je ne suis plus à moi; aujourd'hui même je pars, dans un instant.

GEORGES.

Et moi, je vous suivrai!

THÉRÈSE, *passant à droite*.

Georges!

GEORGES.

Je vous suivrai!... Vous parlez de vos devoirs! mais les miens! Du jour où nos cœurs se sont donnés l'un à l'autre, où vous m'avez accepté pour mari, vous avez été ma femme!..... Cette union, la loi et Dieu devaient la consacrer, mais rien ne peut la rompre. (*Elle s'asied, à droite; il se met à ses genoux.*) Tu es à moi, Thérèse; tes chagrins m'appartiennent; mon devoir est de les partager avec toi... Je dois être là pour te soutenir, pour te consoler... je te suivrai!

THÉRÈSE.

Écoutez-moi!...

GEORGES.

M'abandonnerais-tu, si j'étais malheureux?...

THÉRÈSE, *avec entraînement*.

Oh! non... mais cette lettre... les paroles de mon père... La honte! la honte!... je la subirai... mais vous!...

GEORGES, *se levant*.

Elle ne peut être où la faute n'est pas!...

THÉRÈSE, *se levant*.

Et ce que me disait tout à l'heure, ici, M. de Gournay, votre tuteur, votre père, Georges, il craignait pour vous, pour le monde, une famille qui vous fit rougir.

GEORGES.

Eh bien! ce secret, qui peut en effrayer d'autres... personne ne le sait que nous... il est à nous deux, c'est un lien de plus qui nous unit. Thérèse, nul n'aura le droit de te parler de ta mère, que moi!... et nous n'en parlerons qu'avec respect. Oui, le repentir, c'est le pardon!.. Et si elle vit, Thérèse, nous l'arracherons à la misère, nous l'entourerons de soins pieux.. dans une retraite bien gaie, bien riante où nous la visiterons ensemble... toujours en secret... Sa vieillesse sera sans souffrance et notre bonheur sera sans regret... Oh! parle... dis-moi que tu consens... ne me fais pas douter de ton amour!

THÉRÈSE.

Georges!... Oh! taisez-vous!... j'ai besoin de tout mon courage... et à cette voix, à ces regards, je sens mon cœur faillir!

GEORGES.

C'est la force qui lui revient!

THÉRÈSE, *s'échappant des bras de Georges*.

Oh! laissez-moi... vous donner ma vie, je le puis!... mais vous enchaîner à ma destinée qui est fatale... non, je t'aime trop pour cela!...

GEORGES.

Thérèse!

ERNEST, *du dehors*.

Il est ici!... il doit y être!

THÉRÈSE, *remontant*.

Ah! adieu! adieu! (*Elle rentre chez elle.*)

GEORGES.

Oh! je ne vous quitte pas!... (*Au moment où il sort, Ernest entre par le fond.*)

SCÈNE XIII.

ERNEST, GOURNAY.

ERNEST.

Eh! cher, avez-vous vu mon oncle?... évanoui... perdu! (*Il suit Georges. La petite porte se referme.*) Georges!

GOURNAY, *entrant de la droite*.

Hein? c'est toi!

ERNEST.

Tiens! vous voilà!... c'est bien heureux!... vous me laissez fumer une heure, sur le boulevard, et quand je vais vous demander rue du Helder, on m'empêche de monter en me disant qu'il n'y avait plus personne.

GOURNAY.

Je t'avais consigné.

ERNEST.

Ce n'est pas gentil, allons, ce n'est pas gentil!...

GOURNAY.

Faut-il que je t'en demande pardon!

ERNEST.

Vous vous défiez de moi!... vous voulez...

GOURNAY.

Eh! va te promener!

ERNEST.

Mais j'en arrive.

GOURNAY, *remontant et prenant la gauche*.

J'ai bien le temps de t'écouter... lorsqu'ici nous sommes tous bouleversés. Où donc est-il? qu'a-t-il appris?

ERNEST.

Qui? Georges!... il y a quelque chose?

GOURNAY, *revenant*.

Parbleu!... il y a, il y a que son mariage est rompu!

ERNEST.

Vrai! ah! tant mieux! ah! sapristi! tant mieux!

GOURNAY.

Veux-tu te taire!

ERNEST.

Comme je disais à Georges, on aime ces femmes-là, on les adore, on les enrichit... tout ce que vous voudrez, mais on ne les épouse pas.

GOURNAY.

Ah! tu vas recommencer!... une jeune fille d'une grâce, d'une bonté!

ERNEST.

Ta, ta, ta!

GOURNAY.

Mais! si tu l'avais entendue comme moi; cet air plein de candeur, cette voix si touchante... et ses malheurs... la mort de son pauvre père!...

ERNEST, *passant à gauche et s'asseyant*.

Bien! bien! elle vous a entortillé!... je sais ce que c'est!... une histoire!... elles en ont toutes!... et puis un petit air câlin. C'est pauvre, c'est honnête... et ça va à l'Opéra chargé de diamants, avec un gros bouquet à la main et un monsieur en gants jaunes dans le fond de la loge.

GOURNAY.

Oh! tu me feras croire que Thérèse!...

ERNEST, *se levant*.

Eh bien! oui, elle y était, et hier, pas plus loin! ah!

GOURNAY.

A l'Opéra!

ERNEST.

A l'avant-scène!

GOURNAY.

Thérèse?

ERNEST.

Avec Georges.

GOURNAY.

Georges!

ERNEST.

Ou un autre... c'était peut-être un autre...

GOURNAY, *l'interrompant avec colère.*

Mais, te tairas-tu?

ERNEST.

Ha! ha! ha! pauvre vieux! il ne se doute pas!...

GOURNAY.

Thérèse... si naïve, si... Je l'aurais épousée, moi!

ERNEST.

Oui, avisez-vous-en!... je suis là!

GOURNAY.

Mais pourquoi rompre ce mariage?

ERNEST.

Georges ne veut plus se marier.

GOURNAY.

Mais ce n'est pas lui qui refuse... c'est elle!...

ERNEST.

Ah bah!... alors c'est que l'autre s'est fâché...

GOURNAY, *furieux, levant une chaise sur Ernest.*

Tais-toi, Bridoux!... tais-toi, je vais te casser les reins!...

ERNEST, *s'éloignant.*

Ah!... il est mordu!

GERVAIS, *annonçant du fond.*

M. Jules D'Anceny!...

SCÈNE XIV.

LES MÊMES, D'ANCENY.

D'ANCENY, *entrant brusquement et s'adressant à Gournay.*

Bien! bien! oui M. de Chenevières, c'est moi qui viens vous demander raison..... Hein? ce n'est pas lui! (*Allant à Bridoux.*) C'est à vous, Monsieur... (*S'apercevant de son erreur.*) Ah! pardon!

GOURNAY, *qui tient toujours sa chaise à la main,*

C'est moi, Monsieur!

D'ANCENY, *avec ironie.*

Ah! oui... le témoin de son mariage... son mariage!

ERNEST.

Mais il ne se marie plus!

D'ANCENY.

Ah! je m'en doutais!

GOURNAY.

Il est à vous, dans un instant, sans doute... Si vous voulez vous asseoir. (*Il lui offre la chaise qu'il tient.*)

D'ANCENY.

Moi!... moi!... mais... Monsieur, si vous n'êtes plus son témoin pour un mariage... vous pourrez l'être pour un duel.

ERNEST.

Ah! bah!

GOURNAY.

Un duel!... avec qui?

D'ANCENY.

Avec moi... qui veux le tuer!

ERNEST.

Ah! sapristi!

GOURNAY.

Georges?

D'ANCENY.

Il faut que l'un de nous deux reste sur le terrain!

GOURNAY, *tremblant.*

C'est une plaisanterie, Monsieur!

D'ANCENY.

Je ne plaisante jamais, Monsieur. (*Il descend à gauche*).

ERNEST, *bas à Gournay.*

Voyez-vous! voyez-vous! c'est l'autre! (*Il va à D'Anceny pour le calmer.*)

SCÈNE XV.

LES MÊMES, GEORGES, puis THÉRÈSE, *suivie de plusieurs jeunes filles.*

GEORGES, *rentrant par la gauche.*

C'est convenu! (*A M. de Gournay, sans voir D'Anceny.*) Eh! bien, vous me revoyez au comble de la joie!... je l'ai fléchie..! je l'ai décidée... ses jeunes amies sont venues à mon secours... nous allons partir, elles attachent le bouquet de la... (*Gournay se laisse aller sur un siége.*) Mon Dieu! qu'avez-vous donc, vous tremblez?

ERNEST, *toussant pour prévenir Georges de la présence de D'Anceny.*

Hum! hum! (*Georges se retourne et se trouve en présence de D'Anceny.*)

GEORGES.

Ah! tiens! c'est vous encore! (*Se reprenant.*) pardon!

D'ANCENY, *sévèrement.*

Vous m'avez trompé Monsieur!

GEORGES.

Moi!

D'ANCENY.

Vous m'avez trompé! elle était ici ce matin; mon domestique l'a vue!... elle y est sans doute encore. Elle m'a fait annoncer son départ pour aujourd'hui... elle devrait être loin de Paris en ce moment... mais ce départ est comme votre mariage... je ne suis point votre dupe.

ERNEST, *faisant signe à M. Gournay qui reste stupéfait de l'autre côté.*

Hum!

GEORGES.

Permettez!...

D'ANCENY, *avec plus de force.*

Vous m'en rendrez raison, Monsieur; c'est un duel à mort!

GOURNAY.

A mort!

GEORGES, *vivement.*

Monsieur!

ERNEST, *à part.*

Ça y est!

GEORGES, *se calmant.*

Mais, tenez, Monsieur, je suis trop heureux pour répondre à votre colère... que je ne comprends pas!

D'ANCENY.

Ah! morbleu!

GEORGES.

Et je me contenterai, pour vous convaincre, de vous présenter ma future, ma femme!

D'ANCENY.

Encore!

GEORGES.

Vous verrez si l'on peut songer au bien d'autrui quand on est riche d'un trésor comme celui-là. (*Il remonte. M. de Gournay et Ernest se rapprochent de M. D'Anceny pour le calmer*).

GOURNAY.

De grâce!

ERNEST.

Calmez-vous un peu!

D'ANCENY, *avec impatience.*

Ah! Messieurs!... c'est à perdre la raison! (*Musique jusqu'à la fin. Thérèse en toilette de mariée paraît à la petite porte de droite. Quatre jeunes filles qui la suivent s'arrêtent sur le seuil.*)

GEORGES, *allant la prendre par la main.*

Eh! venez donc, ma belle mariée, venez comme un ange de paix, confondre un incrédule.

THÉRÈSE.

Moi, mon ami!

GOURNAY.

C'est elle!

D'ANCENY.

Eh! oui, parbleu! c'est elle!...

ERNEST, *à part.*

Elle ose!

GEORGES.

M. D'Anceny, je vous présente...

D'ANCENY.

Ma maîtresse!... (*Mouvement.*) Eh! levez donc les yeux, madame, et reconnaissez votre amant! (*Il lui arrache son bouquet.*)

GEORGES, *furieux.*

Monsieur!...

THÉRÈSE, *poussant un cri.*

Ah! (*Elle s'évanouit*).

ERNEST.

Sapristi!

GOURNAY, *retenant Georges.*

Georges!

D'ANCENY, *jetant le bouquet.*

C'est une imposture!

(*Thérèse s'évanouit dans les bras des jeunes filles. M. de Gournay et Ernest retiennent Georges qui veut se précipiter sur D'Anceny.*)

FIN DU PREMIER ACTE.

Personnages du 2e acte.

GEORGES DE CHENEVIÈRES.	MM. ARMAND.	LA BARONNE, fiancée du comte de Dnieper. .	Mme	ROSE CHÉRI.
JULES D'ANCENY.	DUPUIS.	THÉRÈSE.	Mlles	ST. GEORGES.
ERNEST BRIDOUX.	LESUEUR.	Mme DE L'ÉTANG.		
LE COMTE DE DNIEPER.	VILLARS.	ROSINE, future de Bridoux, et nièce de Mme de l'Étang.		BODIN.
ANDRÉ, domestique de Mme de l'Étang. . . .	PRISTON.			
JOSEPH, id.	BORDIER.	LISE, femme de chambre.		RAMELLY.

Domestiques. — Invités des deux sexes.

ACTE II.

Un salon riche. — Au fond une cheminée avec glace sans tain. A droite et à gauche de la cheminée, portes ouvrant sur un autre salon, au milieu duquel est une table de douze couverts. — Vis-à-vis la porte de droite, dans le second salon, un piano. — A droite et à gauche, au premier plan, canapés avec glaces au-dessus. — Au deuxième plan, portes d'intérieur, à droite et à gauche. — Dans l'angle du fond, à gauche, un guéridon, dans l'angle droit, une table avec ce qu'il faut pour écrire ; fauteuils et chaises autour de la cheminée et près des canapés.

SCÈNE PREMIÈRE.

MADAME DE L'ETANG, LA BARONNE, LE COMTE DE DNIEPER, ROSINE, CONVIVES, HOMMES ET FEMMES. (*Ils sont à table dans la pièce du fond et chantent le chœur suivant :*)

ENSEMBLE.

AIR : *De M. Couder.*

Ne pensons qu'à saisir
Un instant de plaisir,
Doux propos, gais refrains
Faites fuir les chagrins,
Bon souper, joyeux bal,
Permis en carnaval,
Oui, voilà pour ce soir
Nos projets, notre espoir.

MADAME DE L'ETANG, *entrant en scène avec la baronne et les autres convives.*

Cette chère baronne!... les six mois qu'elle vient de passer en Allemagne ne lui ont rien ôté de sa grâce et de sa gaîté!...

TOUS.

Non! non!

ROSINE.

Au contraire!

DNIEPER.

Elle est très chofiale, elle me difertit peaucoup!

LA BARONNE.

Mesdames, j'ai porté un dernier toast au Danemarck en général.., et à mon fiancé, en particulier.

DNIEPER, *avec bonheur.*

Oh! oh!

ROSINE.

Oui, oui, à M. le comte de Dnieper!

DNIEPER.

Oh! oh!... moi, pelles dames, je pois toujours aux Françaises!

MADAME DE L'ETANG, *prenant le bras du comte.*

Oh! monsieur le comte est d'une galanterie!...

DNIEPER.

Nous autres, hommes du Nord, on nous accuse d'être froids... Calomnie, *Der Teufel*, c'est du feu qu'il y a sous notre clace.

MADAME DE L'ETANG, *s'asseyant sur la causeuse à gauche, à la Baronne.*

Est-ce vrai?

LA BARONNE, *s'asseyant près de madame de l'Etang, invités au fond près de la cheminée.*

Ah! je n'en sais rien, toute bonne!... ce feu-là n'a pas encore brûlé mes ailes!... monsieur le comte est amoureux... et les amoureux sont toujours charmants ; mais un mari!...

LE COMTE.

Che zerai un mari jarmant!...

LA BARONNE.

Je l'espère, et dans huit jours, après mon mariage, quand je serai comtesse de Dnieper, je vous dirai, mesdames, si monsieur le comte tient ses promesses.

DNIEPER, *inquiet et vivement.*

Gomment!

LA BARONNE, *en riant.*

Voyez-vous, cher comte, les maris... dans le monde... c'est comme les valeurs à la bourse... ils sont cotés... il y en a pas mal qui sont au-dessous du pair. (*On rit.*)

DNIEPER, *riant lourdement et gravement.*

Ah! ah! ah! ah! elle me difertit peaucoup!

MADAME DE L'ETANG, *bas à la Baronne.*

Prenez garde! Vous avez une gaîté... dont il faut vous défaire!...

DNIEPER, *s'approchant.*

Hein ?... quoi?...

MADAME DE L'ETANG, *gaîment.*

Est-ce que monsieur le comte est défiant?

DNIEPER.

Oh! oh!...

LA BARONNE.

Comme Othello... Un Othello blond... il ne poignarde pas, mais il rugit!...

DNIEPER.

Ia! Nous autres hommes du Nord... on nous accuse d'être froids... Calomnie, *Der Teufle!* c'est du feu qu'il y a sous notre clace!

ROSINE, *assise à droite et bas à ses voisins.*

Il se repète l'homme du Nord!

LA BARONNE, *se levant et lui donnant sa main à baiser.*

Allons, baisez ma main, mais ne me mordez pas, Danois que vous êtes!... (*A madame de L'Etang.*) Ainsi, chère Madame, vous nous pardonnez, à monsieur le comte et à moi, notre indiscrétion!

MADAME DE L'ETANG.

Que dites-vous!

LA BARONNE.

Arrivés hier de Hombourg, venir vous surprendre ce matin, au milieu d'un déjeuner de carnaval... c'est un peu sans façon.

MADAME DE L'ETANG.

Quelle idée, chère belle! de la gêne avec une amie de pension!

LA BARONNE, *avec regret.*

Oui... les souvenirs d'enfance... ceux-là sont les meilleurs.

MADAME DE L'ETANG, *à demi-voix.*

Et ceux de la reconnaissance!... Vous avez sauvé mon mari!

LA BARONNE.

Taisez-vous donc!... une misère... de l'argent! c'est si peu de chose!... vous avez trop de mémoire.

MADAME DE L'ETANG.

Et vous pas assez... n'oubliez jamais que vous êtes ici comme chez vous.

LA BARONNE.

Au fait, je pourrais m'y croire! Cet appartement, ce mobilier étaient les miens il y a six mois... et rien n'est changé de place... c'est à s'y tromper.

MADAME DE L'ETANG.

Comme vous partiez pour Bade, j'arrivais d'Angleterre, où M. de L'Etang vient de retourner pour la liquidation de notre maison de Londres; votre homme d'affaires m'a tout vendu... excepté les glaces... chose singulière... elles étaient toutes brisées!

DNIEPER, *étonné.*

Les claces!

LA BARONNE.

J'avais eu un tremblement de terre!

DNIEPER, *riant.*

Ah! ah! ah! très-choli! elle me difertit peaucoup.

MADAME DE L'ETANG, *à part.*

Pauvre femme! toujours aussi folle!

LA BARONNE, *élevant la voix.*

Ah! ça mais, je vous ai entendu parler à table de vos projets de promenade, de bal... que sais-je? Nous ne dérangeons rien?...

MADAME DE L'ÉTANG.

Au contraire! nous allons nous promener sur les boulevards... en voitures découvertes...

LA BARONNE.

Pour voir les masques qu'il n'y aura pas!... je suis de la partie... vous savez, j'ai ma part dans tous les plaisirs!...

MADAME DE L'ETANG.

Alors, je compte sur vous pour ce soir... à mon petit bal improvisé... (*Remontant.*) Le costume est de rigueur et le masque est permis... pour s'intriguer; et puis après le bal, le souper et le champagne!

DNIEPER.

Brafo!... Touchours du champagne! (*Un domestique apporte, au milieu du salon, une petite table chargée de verres de champagne.*)

LA BARONNE.

Toujours! on n'en récolte pas le quart de ce qu'on en boit!... Le champagne est comme l'amour!...

AIR : *D'Yelva.*

Champagne! amour! quand votre double ivresse,
Vient nous troubler le cœur et la raison,
Flamme du ciel, liqueur enchanteresse,
Vous nous montrez un divin horizon.
Tournez, flacons, tout autour de la table,
Portez à tous votre douce chaleur...
(*Tendant la main à Dnieper.*)
Mais le champagne à l'amour est semblable...
Le premier verre est toujours le meilleur!

DNIEPER, *lui baisant la main avec transport.*

Oh! *Der Teufel!* (*On enlève la petite table.*)

ROSINE.

Mais, ma tante, il se fait tard et cette promenade!

MADAME DE L'ETANG.

Il nous manque toujours M. Jules D'Anceny?

LA BARONNE, *vivement.*

Jules D'Anceny! (*Avec plus de calme.*) Ah! vous connaissez M. D'Anceny?

MADAME DE L'ETANG.

Mais oui... c'est un ami de M. de L'Etang, il devait être des nôtres... mais il m'a prévenue ce matin qu'il déjeunait avec des confrères... un déjeuner d'agents de change.

ROSINE.

Qui ne vaut pas le nôtre.

MADAME DE L'ETANG.

Je l'attends avec M. Ernest Bridoux, un de ses amis...

DNIEPER.

Bridoux!... qu'est-cela, Pridoux?

LA BARONNE.

Je ne connais pas.

ROSINE.

Un jeune homme très-gentil... un peu bête... mais très-gentil...

MADAME DE L'ETANG, *à la baronne.*

Je voudrais le marier à ma nièce, qui est très-gentille aussi.

LA BARONNE.

Oui. (*A part.*) Et un peu bête. (*A Dnieper.*) Entendez-vous avec ces messieurs, cher, pour votre costume de ce soir.

DNIEPER.

Oui!... En Don Juan, en Don Juan *Von* Mozart...

LA BARONNE.

Moi, je prendrai un domino...

MADAME DE L'ETANG.

Je m'en charge. (*A un domestique qui passe avec un plateau.*) Joseph!...

JOSEPH.

Madame!

MADAME DE L'ETANG.

Dites à Lise de demander un domino. (*Le domestique sort.*)

LA BARONNE.

Ah! chère, vous ferez mettre des ceintures et des nœuds bleus... (*A Dnieper.*) couleur de la constance.

ROSINE.

Oh! je suis curieuse de voir M. le comte dans son beau costume espagnol... en Don Juan!... (*On entoure Dnieper; pendant que l'on cause avec lui, la Baronne prend vivement madame de l'Etang à part.*)

LA BARONNE, *bas à madame de l'Etang.*

Ma chère, puisque vous connaissez M. D'Anceny, recommandez-lui de ne pas parler du passé.

MADAME DE L'ETANG.

Comment?

LA BARONNE.

Je serais perdue!...

MADAME DE L'ETANG.

C'était donc?...

LA BARONNE.

Mon tremblement de terre!... (*Voyant Dnieper s'approcher.*) Silence! (*Elle lui prend le bras et remonte avec lui vers la cheminée.*)

MADAME DE L'ETANG, *remontant.*

Mes amis, si vous voulez vous occuper en attendant le départ!... des tables de jeu, des cigarettes!... Ces dames le permettent...

LA BARONNE.

Comte, prenez-vous une cigarette? (*On s'assied, on joue au fond.*)

ANDRÉ, *annonçant.*

M. Jules d'Anceny!...

SCÈNE II.

LES MÊMES, M. D'ANCENY.

D'ANCENY, *à la cantonade et traversant la pièce du fond.*

Non... merci... c'est inutile... j'ai déjeuné... un verre de champagne seulement. (*Il entre par le fond à gauche.*)

LA BARONNE, *l'apercevant dans la glace de droite.*

C'est bien lui!

DNIEPER, *fumant une cigarette.*

Hum!

D'ANCENY, *donnant des poignées de main en entrant.*

Bonjour!... bonjour! (*Saluant madame de l'Etang.*) Ah! belle dame!

MADAME DE L'ETANG.

Vous nous avez donc préféré un autre déjeuner.

D'ANCENY.

Ah! je m'y suis bien ennuyé.

LA BARONNE, *bas à madame de l'Etang.*

Dites-lui vite un mot, je vous prie...

ANDRÉ, *apportant à D'Anceny un verre de champagne sur un plateau.*

Voici, monsieur.

MADAME DE L'ETANG.

Mon cher M. D'Anceny, j'ai ici deux hôtes inattendus auxquels il faut que je vous présente.

D'ANCENY.

Qui donc, Madame?

MADAME DE L'ETANG, *bas.*

Et surtout soyez discret!

D'ANCENY, *reposant le verre sur le plateau.*

Ah! bah! mais...

MADAME DE L'ETANG, *à la Baronne.*

Chère belle, M. Jules D'Anceny.

LA BARONNE.

Monsieur!

D'ANCENY.

Madame... (*il la reconnaît.*) Ah! bah! (*éclatant de rire.*) Ha! ha! ha! ha!

LA BARONNE, *riant aussi.*

Ha! ha! ha! ha! (*à part.*) à la bonne heure!

DNIEPER.

Plait-il? *Was?* quoi?

ANDRÉ, *à part.*

Tiens!... nous sommes gais!.... (*Il sort par la gauche au fond.*)

LA BARONNE, *à M. Dnieper.*

Monsieur est un financier... très-aimable et très-galant... un grand casseur de glaces...

D'ANCENY, *riant.*

Ah! oui... ah! oui!... je les casse.

MADAME DE L'ETANG, *bas à D'Anceny.*

De grâce!...

D'ANCENY.

Pardon!... c'est que lorsque madame la baronne est partie pour...

LA BARONNE.

Pour Bade et Hombourg... d'où j'arrive.

D'ANCENY.

Ah!... j'étais amoureux... oh! mais amoureux comme un sot, d'une belle dame...

LA BARONNE, *à Dnieper qui écoute.*

D'une folle, que j'ai connue.

D'ANCENY.

Oui, au fait... madame l'a connue!... Une folle dont je me suis vengé! (*Bas à madame de l'Etang.*) Cet original qui est près d'elle?...

MADAME DE L'ETANG, *bas.*

Son mari!

D'ANCENY.

Ah! bah!... ah! ah! ah! ah!

DNIEPER.

Il rit fort, ce monsieur!

MADAME DE L'ETANG, *bas.*

Monsieur Jules!...

D'ANCENY.

Pardon!... (*saluant Dnieper.*) Monsieur!

DNIEPER, *saluant.*

Monsieur!...

LA BARONNE, *éloignant Dnieper.*

Ah! comte, votre cigarette me gêne!

D'ANCENY.

Comte... monsieur est comte!... Monsieur!... (*Il le salue.*)

DNIEPER, *saluant.*

Monsieur!

MADAME DE L'ETANG, *prenant le bras de Dnieper.*

Nous avons le quartier des fumeurs.

DNIEPER.

Mille crâces!... (*Il sort avec elle par le fond à droite.*)

D'ANCENY.

Un comte!... peste! mon compliment!...

LA BARONNE.

Merci! vous avez été charmant...

D'ANCENY.

N'est-ce pas? quoique vous m'ayez rendu bien malheureux, pendant huit jours!

LA BARONNE.

Tout cela!

D'ANCENY.

Oh! j'étais furieux! et voyez quelle chance!... on me dit qu'une dame, arrivant de Londres avec son mari, a pris votre bail et racheté votre mobilier... ce mobilier... que je regrettais tant!...

LA BARONNE.

Moi, je n'ai regretté que mon piano! (*Elle rit.*)

D'ANCENY.

Ces coussins, ces tapis moelleux! (*Riant.*) tout, excepté les glaces... et pour cause!... ma foi! je me présente pour en faire mettre d'autres...

LA BARONNE.

C'est juste! qui casse les verres...

D'ANCENY.

Mais jugez de ma surprise! je rencontre en M. de l'Etang, un ami, un ancien camarade, qui me fait l'accueil le plus cordial, il m'entraîne dans le monde, au bal, au club, dans les théâtres, et ma foi, le neuvième jour... après votre fugue, j'étais tout à fait consolé, je ne pensais plus à vous, j'étais guéri.

LA BARONNE.

Neuf jours, comme pour une fluxion de poitrine.

AIR : *Connaissez-vous le grand Eugène.*

Vous ne m'en voulez pas, j'espère.

D'ANCENY.

J'ai vu votre futur.

LA BARONNE.

Eh bien?

D'ANCENY.

Je suis vengé!

LA BARONNE.

Méchant!...

D'ANCENY.

Non, au contraire...
D'être méchant j'aurais un bon moyen!...

LA BARONNE.

Non!... pour le mal il faut rendre le bien!...
Pourquoi donc se chercher querelle?
Chut!... Et chacun de nous y gagnera...
Vous, quelqu'amour qui vous sera fidèle.

D'ANCENY.

Vous... un mari qui, je vois... le sera.

LA BARONNE.

Fidèle!... Oui, Monsieur.

(*Apercevant Dnieper qui rentre par la gauche.*) Hum!... prenez garde!

D'ANCENY, *élevant la voix et se regardant dans la glace de droite.*

A quand le mariage, madame la baronne?

LA BARONNE.

Mais, après quelques formalités... de famille... en mon absence, j'ai perdu ma mère... qui habitait près de Nantes.

D'ANCENY, *à part, riant.*

Oh!

LA BARONNE.

Et puis, M. le comte de Dnieper cherche un hôtel.

D'ANCENY.

Ah! M. le comte veut acheter...

DNIEPER.

Un petit hôtel... ya!

LA BARONNE.

Connaîtriez-vous quelque chose qui pût nous convenir?

D'ANCENY.

Mais oui... peut-être...

DNIEPER.

Ah!... ah!... merci!... merci!...

D'ANCENY.

Par exemple! je ne vous promets pas de vous le trouver tout meublé! Diable! Cela ne se rencontre pas tous les jours!... ha! ha! ha! (*Mme. de l'Etang rentre du fond*).

LA BARONNE, *riant.*

Non, non... ha! ha! ha!

DNIEPER, *riant.*

C'est tommage!... ha! ha! ha! (*Sérieusement à la Baronne.*) Pourquoi il rit?

LA BARONNE.

Oh! c'est un tic!

DNIEPER.

Un tic!... *Was*... Qu'est cela? (*Il cause bas avec la Baronne.*)

D'ANCENY, *à part.*

Ils sont magnifiques!

LE DOMESTIQUE *annonçant.*

M. Ernest Bridoux!

TOUS, *se levant.*

Ah!

SCÈNE III.

LES MÊMES, ERNEST.

ERNEST, *portant d'énormes bouquets; et arrivant par le fond à droite.*

Me voilà! me voilà! fleuri comme une jardinière.

ROSINE, *allant à lui.*

Enfin c'est bien heureux!

D'ANCENY.

Et! arrivez donc, lambin!... toujours en retard! je l'ai perdu en route. (*Bas à la Baronne.*) N'ayez pas peur, je lui parlerai. (*il remonte.*)

LA BARONNE *à part, cherchant.*

Hein! Bridoux!... je ne connais pas...

MADAME DE L'ETANG.

Oh! M. Bridoux a une montre qui retarde régulièrement de vingt-quatre heures par jour!...

ROSINE.

Et, pour un prétendu!...

ERNEST, *que les dames entourent, tout en parlant il distribue ses bouquets.*

Puisque je viens d'acheter des fleurs pour ces dames!... Et... je vais vous dire, comme je sortais de chez ma fleuriste... v'lan! qu'est-ce que je rencontre! Cherchez, D'Anceny.

D'ANCENY.

Ma foi! non, pour me donner la migraine.

ERNEST.

Je rencontre Georges.

ROSINE, *assise à droite avec madame de l'Etang.*

Qui ça, Georges?

D'ANCENY, *près de la cheminée, à gauche.*

Georges II? Georges III?

ERNEST.

Eh! non!

MADAME DE L'ETANG.

Il a dit non. (*On rit.*)

ERNEST.

Georges de Chenevières!

LA BARONNE, *qui est assise à gauche, vivement.*

Georges de Chenevières!

ERNEST, *la reconnaissant.*

Ah! sapristi!

DNIEPER, *s'approchant.*

Quoi? Sapristi?

ROSINE.

Qu'est-ce que vous avez?

D'ANCENY, *bas à Ernest.*

Chut! maladroit!... vous ne la connaissez pas... c'est convenu...

ERNEST.

Moi... non... je ne la connais pas... Madame la baronne!... Ah! sapristi!

D'ANCENY, *à part, riant.*

Ah! bon!

DNIEPER.

Sapristi! *Was?*... Pourquoi il dit sapristi! C'être un tic?

LA BARONNE.

Je n'ai jamais vu monsieur!

ERNEST.

Non... non... (*à D'Anceny.*) En voici de l'aplomb!

D'ANCENY.

Madame la baronne revient d'Allemagne avec M. le comte de... (*regardant madame de l'Etang.*) de...

MADAME DE L'ETANG.

De Dnieper.

DNIEPER.

Ia, her graff von Dnieper.

D'ANCENY, *répétant.*

Her graff von Dnieper.., qui l'épouse... (*bas.*) Y êtes-vous? (*il remonte vers la cheminée.*)

ERNEST.

Ah! oui! ah! oui! (*à part.*) C'est de la matrimoniomanie!

LA BARONNE, *assise à gauche sur le canapé*

Il m'a semblé que monsieur avait nommé M. Georges de Chenevières...

ERNEST.

Oui... c'est-à-dire... si j'avais su... je ne savais pas... je n'aurais pas prononcé... ce nom-là!

MADAME DE L'ETANG, *assise près de la cheminée.*

Pourquoi?

D'ANCENY, *bas.*

Laissez-le donc s'embourber; il est très-amusant.

LA BARONNE.

Je ne vous comprends pas, Monsieur... Le nom de M. Georges de Chenevières ne m'est pas tout à fait inconnu... il est vrai!..

ERNEST.

Ah!

D'ANCENY, *à part.*

C'est heureux!

DNIEPER, *assis près de la baronne.*

Cheorges?... vous connaissez...

LA BARONNE.

Mais pour avoir entendu parler autrefois... de son mariage... avec une jeune fille... je crois...

D'ANCENY.

Oui, une ouvrière... une vertu. (*Appuyant.*) Je crois...

ERNEST, *de même.*

Justement... et tout manqua... je crois.

LA BARONNE.

En vérité!... et cette jeune fille, qu'est-elle donc devenue?

ERNEST.

Oh! (*A part.*) Elle le demande... (*Dnieper écoute avec une grande attention et regarde tour à tour chacun de ceux qui parlent.*)

D'ANCENY, *à part.*

Le Danois est superbe. (*Haut.*) Mais elle est partie... Je crois.. le même jour que Madame...

LA BARONNE.

Partie! (*A part.*) Thérèse!

D'ANCENY.

Pour l'Allemagne.

ERNEST.

Je crois.

ROSINE, *assise à droite sur le canapé.*

Ah! ça, quelle histoire nous contez-vous là! Ce n'est pas amusant du tout.

MADAME DE L'ÉTANG, *se levant.*

AIR : *J'en guette, etc.*

Elle a raison!... il semble qu'on nous donne
Une charade à deviner.
Ne pensons tous qu'au plaisir! Je l'ordonne!
Jusqu'à la nuit il faut nous promener.
Et puis ce soir, en costume fantasque,
Nous reviendrons, et l'on se masquera!...

D'ANCENY, *regardant la baronne.*

Si tard!... moi je croyais déjà
Que chacun avait mis son masque!...

ERNEST.

Ha! ha! ha!... C'est vrai!

LA BARONNE, *gaîment et se levant.*

Au fait! nous ne sommes pas ici pour nous occuper de M. Georges de Chenevières... quelque petit fat dont nous ne savons pas même l'adresse!

ERNEST, *assis près de Rosine. Canapé à droite.*

Si fait! il demeure à deux pas d'ici... dans la maison de mon agent de change.

ROSINE.

Tiens! vous avez un agent de change, vous!

ERNEST.

Eh! mais quand j'éprouve le besoin de perdre un peu d'argent... il m'aide.

ROSINE.

Eh! bien!... et moi! votre future, votre femme?...

TOUS, *riant.*

Ha! ha! ha!

MADAME DE L'ÉTANG.

Voyez donc, je vous prie, M. D'Anceny, si ces calèches sont attelées?

D'ANCENY.

La mienne est arrivée depuis longtemps, je vais voir... (*Il sort par le fond à droite.*) — *Ils remontent tous, excepté la baronne, madame de l'Étang et Dnieper qui donne des signes d'impatience.*)

MADAME DE L'ÉTANG, *à demi-voix à la Baronne.*

Vous semblez bien émue!

LA BARONNE, *bas.*

Faites inviter ce monsieur Georges de Chenevières à venir aujourd'hui à votre petite soirée... à votre bal... sans parler de moi!...

MADAME DE L'ÉTANG.

Vous voulez...

LA BARONNE.

Je vous en prie! (*Madame de l'Étang remonte.*)

DNIEPER, *très-agité, à part.*

Oh!.., oh!...

LA BARONNE, *allant à lui et tendrement.*

Qu'avez-vous donc, cher comte?... est-ce que vous êtes malade?

DNIEPER.

Nein! nein! (1) Che trouve que fous connaissez trop de ces petites messieurs.

LA BARONNE, *lui prenant le bras et tendrement.*

Non, jaloux!... des noms en l'air... je n'aime que vous!... mon mari... vous le savez bien!... *Ich liebe nur sie.*

DNIEPER, *rassuré, s'attendrissant et avec amour.*

Oh oh!! *liebe grafinn meines herzens.* (*Ils remontent en causant.*)

MADAME DE L'ÉTANG, *redescendue avec Ernest, à droite.*

Écrivez à monsieur Georges, en mon nom une invitation très-aimable, très-pressante pour ce soir.

ERNEST.

Ah! sapristi! mais la baronne...

MADAME DE L'ÉTANG.

Ne lui parlez pas d'elle. — Croyez-vous qu'il accepte?

ERNEST.

Dame! il porte toujours sur son cœur la lettre et les cheveux de sa bien-aimée!... Mais il doit chercher à s'étourdir... Et puis, si je lui promettais une surprise... toujours de votre part?

MADAME DE L'ÉTANG.

Pour le décider. — Soit.

D'ANCENY, *venant du fond à gauche.*

Chère madame de l'Étang, voilà tout le monde au wisth, en attendant que les voitures soient prêtes, je vous demande la permission d'aller chez moi essayer mon déguisement...

ERNEST, *qui écrit au petit bureau à droite, au fond.*

J'irai en faire autant (*A part.*) Dans cinq minutes il aura la lettre. (*Tout le monde sort sur le chœur, et les portes du fond se referment.*)

REPRISE DE L'ENSEMBLE.

SCÈNE IV.

LA BARONNE, MADAME DE L'ÉTANG, *ensuite* ANDRÉ.

LA BARONNE, *près de la porte du fond à gauche, à madame de l'Étang, qui va entrer à droite.*

Eh ! bien !... M. Georges de Chenevières ?

MADAME DE L'ÉTANG.

Il viendra.

LA BARONNE, *à part.*

Ce mariage manqué !... Thérèse !

MADAME DE L'ÉTANG.

Qu'avez-vous donc, ma chère, vous paraissez bien préoccupée ?...

LA BARONNE.

Moi ! quelle folie ! adieu ! je vais me mettre à mon piano... c'est-à-dire au vôtre. — Il me rappellera un autre temps.

MADAME DE L'ÉTANG, *d'un ton de reproche.*

Le temps de M. Georges de Chenevières !

LA BARONNE.

Ah ! que dites-vous là ! M. de Chenevières, mais je ne l'ai jamais vu... je ne le connais pas... et je m'étais bien juré de ne jamais le connaître...

MADAME DE L'ÉTANG.

Et cependant vous me le faites inviter..

LA BARONNE.

Oui, parce qu'il faut que je le voie... que je lui parle... il ne saura pas qui je suis... tant que je ne serai pas mariée.

MADAME DE L'ÉTANG.

Il y a donc là un mystère ?

LA BARONNE.

Oui.

MADAME DE L'ÉTANG.

On parlait d'un mariage manqué.

LA BARONNE.

Justement ; je m'y intéressais beaucoup...

MADAME DE L'ÉTANG.

A ce mariage ?

LA BARONNE.

A la mariée, partie le jour même où M. de Chenevières devait l'épouser... je n'avais rien pu savoir depuis... à mon retour, j'ai envoyé aux informations... mais inutilement... qu'est-elle devenue !...

MADAME DE L'ÉTANG.

Une ouvrière... est-ce qu'elle vous était quelque chose ?

LA BARONNE.

Rien... Rien !... mais cette pauvre fille... qui vivait de son travail... J'ai connu sa mère.

MADAME DE L'ÉTANG.

Une mère... qui veillait sur elle.

LA BARONNE.

Non... car séparée de son mari peu de temps après la naissance de ce premier enfant qu'elle ne revit plus, cette malheureuse femme était restée seule au monde, avec une autre enfant, plus jeune d'un an, une seconde fille... née de sa faute... élevée en secret, et à qui elle n'avait pas eu même un nom à donner !

MADAME DE L'ÉTANG.

Pauvre enfant !

LA BARONNE.

Oh ! celle-là était devenue riche par sa beauté... puissante... par son audace... heureuse, si le bonheur s'achète à prix d'or. — Celle-là était comme tant d'autres... la fantaisie d'un jour... le caprice d'un moment. — Le bouquet qui se paie un louis le matin dans sa fraîcheur et qu'on rejette le soir quand il commence à se faner. Celle-là, faut-il le dire ? en se voyant tombée si bas... a plus d'une fois maudit sa mère !...

MADAME DE L'ÉTANG.

Eh ! quoi !...

LA BARONNE.

AIR : *T'en souviens-tu.*

Pardon, mon Dieu, pardon de ce blasphème !
Car de sa faute en vain on se défend.
Ah ! quand j'accuse une autre que moi-même,
Ne punissez que l'orgueil de l'enfant !...
Sur cette voie où gaîment on s'engage,
Trop tard hélas ! on voudrait revenir !
Avec l'honneur, on y perd le courage,
Et le droit de se repentir.

(Elle essuie ses larmes.)

MADAME DE L'ÉTANG.

Allons, séchez vos pleurs !...

LA BARONNE.

Et maintenant que vous savez tout... jugez ! si cette sœur aimait sa sœur, si chaste, si pure, — de loin, sans la connaître, sans l'avoir jamais vue, sans oser l'approcher, de peur de la flétrir... de la compromettre !... Si, instruite par hasard de sa demeure, elle s'était introduite un jour chez elle.. presque heureuse de ne pas l'y rencontrer... déposant là secrètement un vœu... une offrande pour ce mariage... dont elle apprend aujourd'hui la rupture !

MADAME DE L'ÉTANG.

Oh ! alors, je comprendrais qu'elle cherchât à faire causer au moins ce M. Georges de Chenevières...

LA BARONNE.

Qui croyait sa fiancée orpheline, sans famille... et qui doit le croire toujours !

MADAME DE L'ÉTANG.

Du moment que vous n'avez que moi dans votre confidence...

LA BARONNE.

Merci ! merci ! *(Reprenant sa gaîté.)* Mais folle que je suis, — je vous attriste et je m'assombris moi-même aujourd'hui. — Ce jour de l'année qui ne doit être qu'un long éclat de rire. — Voyez-vous, chère, c'est comme cela qu'on se fait des rides avant l'âge ! *(Elle se regarde dans la glace à droite.)* — Le rire nous va bien, — rions. — Les pleurs enlaidissent... ne pleurons jamais... C'est comme une blonde qui se mettrait du rose... C'est élémentaire, ça !

MADAME DE L'ÉTANG, *à part.*

Pauvre femme ! j'aimais mieux ses larmes.

ANDRÉ, *entrant du fond à gauche.*

Les calèches sont attelées !...

MADAME DE L'ÉTANG.

Dites qu'on me donne un pelisse, mon chapeau !

LE COMTE, *dans le salon du fond, avec des invités.*

Au piano, la Baronne !

LA BARONNE.

Je vais vous attendre au piano. *(De la porte, à demi-voix.)* Et si M. de Chenevières vient ici...

MADAME DE L'ÉTANG.

Je vous préviendrai.

LE COMTE, *entrant et offrant sa main à la Baronne.*

Ah ! chère Baronne... *Kommen sie zum piano !... walze von Weber.* *(Il l'emmène, la porte du fond reste ouverte.)*

TOUS, *en dehors.*

Ah ! enfin !... au piano !

LA BARONNE.

Je veux bien, puisqu'on ne part pas... mais je ne sais que des vieilleries... *(La Baronne, conduite par le comte, sort par la porte de gauche, au fond ; elle passe derrière la glace sans tain et va s'asseoir au piano, qui est en face de la porte de droite et en vue du public. La Baronne tourne le dos au public. Quelques invités sont groupés autour d'elle. Elle joue la valse de Weber.)*

SCÈNE V.

MADAME DE L'ÉTANG, LISE, ANDRÉ, *dehors*, LA BARONNE, TOUT LE MONDE.

LISE, *par la droite.*

Voici, madame. *(Elle donne un chapeau et un par-dessus à madame de l'Etang.)*

MADAME DE L'ÉTANG.

Bien ! Bien ! M. D'Anceny est-il de retour ?

LISE.

Oui, madame. Ah ! j'oubliais de dire à madame qu'on a apporté son costume de chez mademoiselle Herminie.

MADAME DE L'ÉTANG.

Avez-vous demandé un domino ?...

LISE.

Oui, madame... on va revenir.

MADAME DE L'ÉTANG.

Vous ferez mettre une ceinture et des nœuds bleus.

LISE.

Oui, madame !

(Madame de l'Etang sort par la droite au fond et va écouter la Baronne qui est au piano.)

SCÈNE VI.

LISE, ANDRÉ, *puis* THÉRÈSE.

LISE, *écoutant.*

Oh ! que c'est gentil cela !

ANDRÉ.

N'est-ce pas ? c'est une dame qui est diablement chic !... hein ! comme c'est touché !...

LISE.

Est-ce qu'elle est jolie ?

ANDRÉ.

Pas mal ! pas mal ! et puis elle est baronne, à ce qu'elle dit !

LISE.

Elle est noble ?...

ANDRÉ.

Bah ! on l'est toujours un peu par alliance ! (*Il sort par le fond à gauche.*)

(*Le piano cesse. On ferme les portes du fond. Un domestique en dehors baisse le store de la glace sans tain*).

TOUS *en dehors applaudissant.*

Bravo ! bravo !

DNIEPER, *criant dehors.*

Braffa !

THÉRÈSE, *entrant par la gauche, 2e plan, en costume d'ouvrière très-simple.*

Vous êtes ici, mademoiselle ?

LISE.

Ah ! c'est vous, entrez, entrez !

THÉRÈSE.

Voici le domino que vous avez demandé... et que mademoiselle Herminie vous envoie.

LISE.

Ah ! oui, mademoiselle Herminie, c'est votre maîtresse.

THÉRÈSE.

C'est mon amie.

LISE.

C'est bien !

THÉRÈSE.

Va-t-on l'essayer ?...

LISE.

Non... voilà tout le monde parti... d'ailleurs, un domino va toujours ?... mais, par exemple, il faut changer la ceinture de celui-ci !

THÉRÈSE.

Mon Dieu ! comme vous voudrez, seulement je n'ai pas de ruban.

LISE.

Je vais vous en donner, là... dans cette chambre... vous y trouverez tout ce qu'il vous faut, passez !

THÉRÈSE *entrant à droite.*

Oui, mademoiselle.

(*La femme de chambre va pour la suivre.*)

SCÈNE VII.

GEORGES, LISE, ANDRÉ, *puis* THÉRÈSE.

ANDRÉ, *du fond à gauche.*

Par ici, monsieur !

LISE.

Qu'est-ce donc ?

(*Georges paraît au fond.*)

ANDRÉ.

Un monsieur qui veut écrire un mot pour madame.

GEORGES (*posant son chapeau sur un canapé à gauche*).

Oui, je viens de recevoir une invitation de la part de votre maîtresse, je voulais l'en remercier.

ANDRÉ.

Elle sort à l'instant.

LISE (*indiquant la table au fond à droite*).

Voilà sur ce bureau tout ce qu'il faut à monsieur.

GEORGES *allant à la table.*

Merci.., oh ! un mot seulement avec ma carte... (*il s'assied et écrit*).

LISE.

Pardon ! j'ai affaire là pour un costume ! (*elle entre à droite dans la chambre où est Thérèse*).

GEORGES.

Bien, bien, allez à votre ouvrage.

ANDRÉ (*se chauffant au fond à la cheminée*).

Nous n'en manquons pas aujourd'hui.

GEORGES *écrivant.*

Ah ! madame de l'Étang a beaucoup de monde.

ANDRÉ.

Je ne crois pas, monsieur, mais on soupe après le bal.

GEORGES, *à part.*

Bal, souper !... voilà des gens qui savent être heureux !... (*il se lève*) ma foi ! je veux en essayer... (*riant*) c'est Bridoux qui me présentera, avec M. D'Anceny !... M. D'Anceny ! (*plus sérieux*). Ah ! ce ne sera pas le premier service qu'il m'aura rendu peut-être (*A André.*) Tenez, mon garçon, mon billet et ma carte.

ANDRÉ.

Madame les aura en rentrant. (*Il va pour sortir*).

(*Georges prend son chapeau et remonte lentement vers le fond à gauche, tout en remettant ses gants*).

ANDRÉ, *voyant rentrer Thérèse par la droite.*

Tiens ! cette dame qui est restée ? elle a choisi un drôle de costume, pour une baronne ! (*il la salue et dit en riant à part.*) Farceuse ! va.. (*il sort par le fond à droite*).

THÉRÈSE.

Qu'a donc ce domestique à rire ! (*elle va pour sortir*).

SCÈNE VIII.

GEORGES, THÉRÈSE.

GEORGES, *se retournant en croyant parler à André.*

Ah ! dites-moi... j'oubliais.

THÉRÈSE, *s'arrêtant.*

Monsieur !

GEORGES *la reconnaissant.*

Grand Dieu !

THÉRÈSE.

M. Georges !

GEORGES.

Thérèse !

THÉRÈSE (*tremblante*).

Je ne vous cherchais pas, monsieur, croyez-le bien... je venais ici pour une commande pressée... et je pars.

GEORGES (*la retenant*).

Oh ! vous ne m'échapperez pas.

THÉRÈSE.

Que me voulez-vous ?

GEORGES.

Thérèse ! Thérèse ! je vous retrouve enfin... après tant de recherches ! quand je désespérais de vous revoir jamais ! il me faut une explication !

THÉRÈSE.

Oh ! vous me faites peur !... laissez-moi, monsieur, laissez-moi partir.

GEORGES.

Je conçois, vous tremblez devant moi... vous rougissez, vous avez honte !...

THÉRÈSE.

Moi, avoir honte... rougir... et de quoi ?... quand c'est vous !...

GEORGES.

Comment ?... après ce qui s'est passé ?

THÉRÈSE.

Ah ! M. Georges ne me rappelez pas cette journée fatale où vous m'avez fait insulter... outrager...

GEORGES.

Moi !

THÉRÈSE.

Fallait-il tant d'éclat et de scandale pour rompre un mariage auquel je ne croyais pas au fond du cœur, car je sentais bien que pour moi c'était un rêve trop brillant... un bonheur impossible !

GEORGES.

Thérèse, je ne vous comprends pas.

THÉRÈSE.

Au lieu de cette comédie cruelle, que vous m'avez jouée, il fallait venir franchement à moi en me tendant la main et me dire : Thérèse vous êtes une brave fille... mais trop simple, trop pauvre pour être ma femme !

GEORGES.

Que signifie ?

THÉRÈSE, *continuant.*

Je serai votre ami, votre protecteur... je veillerai sur vous! Oh ! je vous le jure, j'aurais accepté courageusement ce sacrifice... mais vous abaisser à ce point... me faire outrager ainsi devant vos amis... devant mes compagnes... pour manquer à vos serments... oh! c'était bien mal, M. Georges, bien mal !

GEORGES.

Quoi ! vous avez cru ?... mais non, vous vous jouez encore de moi, comme autrefois, comme toujours... et puisque vous êtes sans miséricorde, je serai comme vous, sans pitié... parlez parlez... aidez-moi vous-même à tuer un amour, qui ne peut pas s'éteindre.. qui ne peut pas mourir ! Courage Thérèse ! dites-moi que M. D'Anceny avait raison, que ce bouquet de mariée qu'il arrachait de votre sein, qu'il foulait à ses pieds, vous n'étiez pas digne de le porter !... dites-moi que vous m'avez trompé !... que vous êtes une misérable!

THÉRÈSE.

Ah ! Monsieur ! (*elle tombe dans un fauteuil et se cache la tête dans les mains*).

GEORGES.

AIR : *De votre bonté généreuse.*

Ah ! dites-moi que cette voix si pure,
Ces yeux si doux, cet air plein de candeur,
Comme autrefois ne sont qu'une imposture !
Qu'en vous, hélas! qu'en vous tout est menteur !...
Actrice habile, oui, c'est un rôle infâme
Que vous jouez encor pour me charmer...
Dites-le moi ! je vous croirai, Madame...
Et je mourrai pour ne plus vous aimer !...

THÉRÈSE, *allant vers lui.*

Comment? ce n'était donc pas un jeu... un prétexte... cette accusation... elle était sérieuse... et vous l'avez crue !... et vous m'avez abandonnée... évanouie... mourante !...

GEORGES.

Mais c'est qu'alors la fureur, le désespoir m'avaient fait perdre la raison !... Tout à ma vengeance, j'entraînai M D'Anceny hors de cet appartement maudit, je forçai M. de Gournay et son neveu à me servir de témoins, je reçus une blessure qu'on disait mortelle... et pourtant quelques jours après, échappant à la surveillance de mes amis... pâle, me soutenant à peine... j'étais chez vous !... je vous redemandais à une amie... qui ne dut que me dire ce mot fatal : disparue ! partie !

THÉRÈSE.

Mais oui... quand je revins à moi dans cette pauvre chambre.. où j'étais seule... toute seule... et que je retrouvai cette lettre qui m'annonçait que ma mère était mourante... je partis, sans confier mon triste secret à personne...je partis pour aller mourir avec elle!

GEORGES.

Oh ! si vous disiez vrai !... mais non !... mais non !.. je sais tout !... vous étiez partie dans la nuit même pour l'Allemagne.

THÉRÈSE.

Pour l'Allemagne ?

GEORGES.

M. D'Anceny revint me voir... il vous avait cherchée, vous qui étiez une fausse baronne pour lui, comme une fausse ouvrière pour moi, et le riche appartement était abandonné comme l'humble mansarde par celle qui nous avait trompés tous les deux.

THÉRÈSE.

Georges... M. Georges, je ne comprends rien à ce que vous me dites !... vous me feriez douter de votre raison ou de la mienne !...

GEORGES.

Mais dites-moi donc !...

THÉRÈSE.

J'étais partie pour Nantes, je vous le répète... pour Nantes.. où j'arrivai un jour trop tard... ma mère était morte!

GEORGES.

Madame Disner?

THÉRÈSE.

Sans doute !

GEORGES *avec explosion.*

Mais c'était donc bien votre mère?

THÉRÈSE.

Eh ! ne le savez-vous pas!... il ne restait aucune trace d'elle... pas même une tombe!... je demeurai dans un faubourg de la ville deux mois à pleurer, à souffrir, à penser à vous, car je vous aimais encore... malgré moi... jusqu'à ce que la pauvreté me ramenât à Paris... au travail... ma seule ressource ! je courus à cette chère petite chambre où j'avais été si heureuse... elle était louée à une inconnue... mon modeste mobilier, le seul héritage de mon père... avait été vendu pour payer le loyer !... moi, je n'avais songé à rien... j'avais cru qu'on mourait de douleur !

GEORGES.

Tenez! tenez! il y a tant de candeur dans votre regard... dans votre parole... que, lorsque je vous vois, lorsque je vous écoute, je suis tenté de me dire : « Non, tout cela n'est pas mensonge, calcul, comédie!... elle ne me trompe pas... non, non! » Et pourtant, j'ai tort... vous mentez, j'en suis sûr!

THÉRÈSE.

Oh! Monsieur!

GEORGES, *avec force.*

Vous mentez, car M. de Gournay à son retour de Nantes m'écrivit : qu'une bourse pleine d'or, était arrivée pour cette dame Disner... votre mère... la veille de sa mort!... un dernier présent de sa fille! (*Thérèse le regarde avec stupéfaction*) de sa fille, qui vivait à Paris dans la honte et dans la débauche!

THÉRÈSE, *poussant un cri.*

Oh!... taisez-vous! Monsieur, taisez vous! Mais qui me défendra donc contre cette affreuse calomnie... puisque vous y croyez, vous! mon Dieu! que dire? que faire? Comment leur prouver... Je ne suis qu'une pauvre fille... je n'ai que des larmes... et il ne veut pas y croire!

GEORGES.

Thérèse!

THÉRÈSE.

Ah! laissez-moi,.. je comprends maintenant vos soupçons indignes, et je vous hais!... je vous hais autant que je vous ai aimé!

GEORGES, *s'élançant près d'elle.*

Thérèse! oh! ne dites pas cela! car, je vous aime encore, moi !... oui, oui... je veux en vain lutter contre mon amour!... Coupable ou non, je vous aime! M. de Gournay m'appelle auprès de lui pour un riche mariage... mais je sentais là que mon cœur était à une autre!

THÉRÈSE.

Et moi, aussi, on veut me marier...

GEORGES.

Vous!

THÉRÈSE.

A un honnête jeune homme qui ne veut connaître mes malheurs que pour me les faire oublier!... Ah! il me croirait, moi, plutôt que de croire ce lâche qui m'a insultée!... votre ami, sans doute.

GEORGES.

M. D'Anceny!

THÉRÈSE.

Lui, que je voudrais confondre... devant vous... devant le monde entier!... Ah! si vous le voyez!...

GEORGES.

Mais ici même... ce soir... à cette fête!

THÉRÈSE.

Il y sera!

GEORGES.

Eh! sans doute!...

THÉRÈSE.

Il y sera!... (*à part.*) Oh! merci, mon Dieu! merci!

GEORGES.

Mais, que m'importe M. D'Anceny... et le monde... et ses accusations auxquelles je ne crois plus!... Thérèse, écoute-moi!... je t'aime, je ne te demande plus rien. . plus rien que ton amour, dont j'étais si fier... si heureux ! . Rends-le moi !... Sois mon amie. ma compagne, ma femme!. . je t'en prie... (*A ses pieds.*) je t'en prie à genoux, pardonne-moi !...

THÉRÈSE, *avec effort.*

Jamais!... (*échappant aux mains de Georges.*) jamais! (*elle sort précipitamment par la gauche. 2e plan.*).

GEORGES, *se relevant avec désespoir.*

Jamais!... elle a raison!... j'ai été un lâche, un misérable!.. l'accuser de mensonge!... la croire coupable!... oh! non... c'est impossible ! (*Depuis que Georges est seul, la porte du fond, à droite s'est ouverte et l'on aperçoit des invités qui sont déjà travestis pour le bal ; les lampes et le lustre sont allumés.*)

SCÈNE IX.

GEORGES, ERNEST, *en costume d'arlequin, masque à la main; à la fin,* ANDRÉ.

ERNEST, *entrant par la droite.*

Il viendra ! parbleu ! j'en étais sûr !

GEORGES.

Ernest!

ERNEST.

Ah! tiens! encore ici! vous êtes donc revenu, à moins que vous ne soyez pas encore parti!...

GEORGES.

Non... et je suis bien aise d'être resté... vous me direz...

ERNEST.

Rien, cher!... parlons de mon costume... comment le trouvez-vous... hein? c'est gentil, c'est coquet... ça dessine, ça pince!

GEORGES.

Cette lettre de la part de madame de l'Étang... où vous me promettiez une surprise?...

ERNEST.

Vous l'avez reçue... vous êtes des nôtres... Quel costume mettez-vous? en Arabe, je vous conseille!

GEORGES.

Je ne viendrai pas!... mais cette surprise dont vous me parliez!

ERNEST.

Si fait! il faut venir... et vous l'aurez... la surprise!

GEORGES.

Je l'ai eue!...

ERNEST.

Ah! bah! vous l'avez vue... votre passion! votre future passée!...

GEORGES.

Thérèse...

ERNEST.

C'est-à dire la Baronne.

GEORGES.

La Baronne!...

ERNEST.

Ah! sapristi! je suis fâché de ne pas avoir été là... ça dû être drôle.

GEORGES.

Trêve de plaisanterie!... je l'ai vue ici... tout à l'heure... Thérèse, une jeune ouvrière... l'innocence même...

ERNEST.

Ah! bien! ah! bon! ça va recommencer!... L'innocence qui boit du champagne, qui fume des cigarettes et qui chante des gaudrioles au piano!... ha! ha! ha!

GEORGES.

Si vous n'étiez pas un écervelé, je vous tuerais! je vous écraserais! *(il le fait pirouetter.)*

ERNEST.

Ah! ah! ah! sapristi! comme vous y allez!... halte-là, s'il vous plaît... on n'en fait plus comme moi!... Voyons, mon bon!... Tiens! vous avez de jolies petites breloques!... c'est de chez?...

GEORGES.

Par grâce! par pitié!... par notre ancienne amitié!... au nom de ce bon M. de Gournay...

ERNEST.

Mon oncle! ah! pauvre bonhomme! il ne veut plus revenir à Paris, il ne veut plus croire à rien, depuis...

GEORGES.

Répondez-moi!... vous l'aviez donc vue ici, avant moi...

ERNEST.

Qui?

GEORGES.

Thérèse!

ERNEST.

La Baronne!

GEORGES.

Thérèse, la Baronne, comme vous voudrez!...

ERNEST.

Mais oui! mais oui! mais oui! mille fois oui!... a-t-il donc l'oreille dure!... *(riant.)* Avec son Danois... le comte... le futur présent!

GEORGES.

Qui ça, le comte?...

ERNEST.

Eh bien! M. de Dnieper! joli nom! un mari qu'elle a trouvé quelque part, aux eaux, en Allemagne!

GEORGES.

En Allemagne!

ERNEST.

D'où elle arrive!

GEORGES.

Ah! c'en est trop!

ERNEST.

Oui, n'est-ce-pas?... *(continuant à parler en même temps que Georges.)* Aller chercher dans les régions inconnues... mais, il est bon! ah! sapristi! il est très-bon!

GEORGES, *se promenant avec agitation.*

Elle me parlait d'un mari... un ouvrier, sans doute. Mais un étranger... et elle une Baronne!

ERNEST, *forçant la voix.*

Ah! vous ne savez pas!... il achète un hôtel... Elle aura maison... Nous irons faire la cour à sa femme!... ha! ha! ha!

GEORGES, *le secouant par le bras.*

Mais vous tairez-vous?...

ERNEST.

Ah! mais! ah! mais! Qu'est-ce que ça vous fait?...

ANDRÉ, *paraissant à la porte de droite 2e plan.*

Oui, on jouera par ici .. et plus tard...

GEORGES, *l'apercevant.*

Ah! *(courant à lui)* Mon ami... cette jeune personne qui était ici... avec moi... quand vous sortiez avec ma carte...

ERNEST.

Ah! bien; il va consulter les domestiques!... il est toqué!

ANDRÉ.

Ah! oui!... ah! je sais... ce n'était pas une jeune personne!

ERNEST.

Parbleu!

GEORGES.

N'importe!

ANDRÉ.

C'était une amie de madame!... madame la Baronne...

GEORGES.

La Baronne!

ERNEST.

Là!

GEORGES.

Mais ce tablier d'ouvrière... ce bonnet...

ANDRÉ.

Ah! oui!... un costume qu'elle essayait pour ce soir... *(Il traverse, sort par la gauche et lève le store de la glace sans tain.)*

ERNEST.

Tiens! je n'y pensais pas!... c'est ça!

GEORGES, *tombant assis dans un fauteuil.*

Ah! mon Dieu! mon Dieu!... mais je suis fou!

ERNEST.

C'est ce que je disais tout à l'heure; elle s'est moquée de vous!... *(Georges relève vivement la tête.)* Mais, je vous conseille de lui rendre ça au bal...

GEORGES, *se levant*

Au bal!... elle y viendra!

ERNEST, *riant.*

Elle!... elle danserait plutôt sur la tête que d'y manquer... *(musique à l'orchestre.)*

GEORGES, *se promenant, à part.*

Elle y viendra!... Eh! bien! moi aussi, j'y viendrai... je la verrai... et si elle s'est jouée de moi... malheur à elle!

SCÈNE X.

GEORGES, ERNEST, D'ANCENY, *en mousquetaire Louis XIII,* le comte de DNIEPER, *en don Juan très-élégant.*

(Des invités travestis circulent au fond. Deux domestiques viennent allumer les candélabres de la cheminée.

D'ANCENY, *à Dnieper qui entre avec lui par le fond à gauche.*

Vous êtes bien! très-bien!

ERNEST, *descendant à Georges.*

Ah! sapristi! dites donc, c'est lui!

GEORGES.

Lui, M. D'Anceny.

ERNEST.

Et... la conquête de la Baronne!... son danois de mari!

GEORGES.

Son mari!

ERNEST.

Costume espagnol!... hein! il est superbe!

GEORGES.

Son mari!

D'ANCENY.

Eh! mais, c'est M. de Chenevières!... comment va? *(Georges a les yeux attachés sur le comte et contient avec peine son agitation.)*

D'ANCENY.

Qu'avez-vous donc? ce trouble!

ERNEST, *bas.*

Calmez-vous! calmez-vous!

DNIEPER.

Quoi?

GEORGES, *d'une voix étouffée par la colère.*

A bientôt, Messieurs!... à bientôt! *(Il sort précipitamment par la gauche.)*

SCÈNE XI.

D'ANCENY, le comte de DNIEPER, ERNEST, ensuite madame de L'ETANG, LISE et ANDRÉ. *(Invités qui circulent au fond.)*

DNIEPER.

Ce monsieur, il faisait bien la moue.

ERNEST.

Ha! ha! ha! plus fou que jamais! Si cela continue, il faudra le faire enfermer!

DNIEPER.

Ah! ça, à qui tiable en a-t-il!... est-ce que?...

ERNEST.

Il l'a vue.

D'ANCENY.

Ah! bah!

DNIEPER, *entre eux.*

Vue!... qui? *(A partir de ce moment, les répliques doivent être échangées très-vivement.)*

ERNEST.

Ah! vous croyez que nous parlons de la Baronne... avouez!

DNIEPER.

Oh! oh!

D'ANCENY.

Vous avez peur!... vous êtes jaloux!... ça se trouve bien!

DNIEPER.

Ça se trouve bien *Was*... quoi?

ERNEST.

Il veut dire que vous êtes sûr de votre affaire!... Vous êtes né coiffé!... sapristi! le beau plumet!...

DNIEPER.

Né coiffé!... je ne gombrends pas... *Was*... pardon... je suis-t-étrancher.

D'ANCENY.

Vous ne... ah bien!...

ERNEST.

Né coiffé... ça veut dire... que vous avez une bonne tête... et qu'il n'y manque rien...

D'ANCENY.

Comme à la mienne.

ERNEST.

Comme à celle qui sort d'ici.

DNIEPER.

Ah! merci! merci!

D'ANCENY.

Vous aimez cette chère Baronne...

DNIEPER.

Comme un fol!

ERNEST.

Fou!

DNIEPER.

Oh! nous autres hommes du Nord, on nous accuse d'être froids!... Calomnie, *Der Teufel!* c'est du feu qu'il y a sous notre clace!... mais, rien obtenu, rien!

D'ANCENY.

Vous l'avez connue à Bade.

DNIEPER.

Non, à Hompourg... où elle était venue pour chercher...

ERNEST.

Un mari?

DNIEPER.

Non, la zanté... et moi j'y cherchais des émozions à la rouche et à la noire... un petit cheu très chentil! vingt mille thalers d'émozions!... un jour que je perdais peaucoup...

D'ANCENY.

Vous étiez ému!...

DNIEPER.

Non! je ne voyais pas le râteau du panquier emporter mon or... Je n'avais des yeux que pour une dame cholie, oh cholie! qui me reçardait avec un intérêt!...

D'ANCENY.

C'était la Baronne!

ERNEST.

Parbleu!

D'ANCENY.

Je l'ai reconnue à l'intérêt.

DNIEPER.

Je me rapprochai d'elle. Elle daigna s'associer à mon cheu!... J'étais content! elle jouait des sommes fous...

ERNEST.

Folles!

DNIEPER.

Avec une ardeur, une passion qui me difertissait fort... Elle prenait l'or par la poignée... Et nos mains se rencontraient touchours!

ERNEST.

Par hasard!

D'ANCENY.

Vous perdiez!...

DNIEPER.

Au contraire!

D'ANCENY.

Elle gagnait!

DNIEPER.

Peaucoup! peaucoup! Et le soir quand elle voulut partacher, je lui dis: laissons tout ensemble, *Der Teufel!* Laissons tout ensemble!

ERNEST ET D'ANCENY.

Et elle laissa?

DNIEPER.

Non!

ERNEST ET D'ANCENY.

Pas possible!

DNIEPER.

Monsieur le comte, elle dit en paissant ses peaux yeux, je ne laisserai rien en commun qu'avec un mari!... Eh! pien je veux pien, que je criai... Eh! pien! je serai votre mari!

D'ANCENY.

Vous étiez pincé!

DNIEPER, *étonné du mot.*

Pincé *Was*... parton... che comprends pas... je suis-t-étrancher... *Was*... pincé? *ich kann nicht verstehen.*

ERNEST.

C'est-à-dire... amoureux!...

DNIEPER.

Fol!

ERNEST.

Fou!

DNIEPER.

Oh! nous autres hommes du Nord, on nous accuse d'être froids... Calomnie!...

ERNEST, *riant et l'imitant.*

Der Teufle!... c'être du feu...

D'ANCENY, *de même.*

Qu'il y a sous *fotre clace!*

DNIEPER, *riant très-fort.*

Ya!... iavohl. Le lendemain j'envoyai une palle dans le bras d'un Anglais qui voulait rester chez elle malgré moi.

ERNEST, *riant.*

Pour partacher?

D'ANCENY, *à part.*

Quelque sot qui voulait briser les glaces... comme moi!

DNIEPER.

Et à présent que la voilà ma femme, je casserai les bras à tous ceux qui oseraient ..

ERNEST.

Ah! sapristi!

D'ANCENY.

Bien du plaisir... *(à part.)* Moi, je ne cassais que les glaces.

DNIEPER.

Et ce petit monsieur qui était là tout à l'heure...

ERNEST.

Georges!

(La musique reprend. Le fond se remplit d'invités élégamment travestis.)

D'ANCENY.

M. de Chenevières!

DNIEPER.

Il me regardait avec des yeux...

ERNEST.

C'est peut-être son habitude.

DNIEPER.

Je n'aime pas qu'on me regarde.

D'ANCENY.

C'est votre costume.

ERNEST.

Oui, oui, votre beau costume... (*à part.*) Sois tranquille, vieux, on t'en fera porter un autre.

Pendant cette scène les valets ont apporté des flambeaux. Le fond, qui s'est ouvert, laisse voir l'appartement éclairé pour une soirée, et remplie des personnages de la 1re scène en différents costumes. Les femmes sont masquées.

SCÈNE XII.

LES MÊMES, MADAME DE L'ETANG, LA BARONNE, ROSINE, TOUT LE MONDE.

CHŒUR.

AIR *De la Pavana.*

Heureux enfants du brillant carnaval,
Déjà l'archet a donné le signal,
C'est le plaisir qui nous appelle au bal!
Pour qu'en ce jour la fête
Soit complète,
Quand le soleil vous dérobe ses feux,
De lustres d'or illuminant vos jeux,
La nuit vous prête un éclat plus joyeux.

LA BARONNE, *en domino, un masque à la main, riant aux éclats et entrant par la droite, 2e plan.*

Ha! ha! ha! c'est charmant!

MADAME DE L'ETANG.

Mais attendez donc!

(*On danse au fond. Ernest valse avec Rosine.*)

LA BARONNE.

Eh! non... laissez votre femme de chambre à ces dames!... je n'en ai pas besoin... un domino!... j'entre là dedans, comme chez moi... j'ai passé ma vie en domino.

D'ANCENY, *étonné de son costume.*

Tiens! vous avez changé, encore!

LA BARONNE.

Je change toujours!

DNIEPER.

Oh!

LA BARONNE, *lui tendant la main.*

Il n'y a que d'ami que je ne change pas! (*riant.*) Ha! ha! ha! vous êtes superbe!... avec la main sur votre épée... vous ressemblez au dieu Mars!...

D'ANCENY.

C'est Vulcain déguisé!

DNIEPER, *qui a cherché ce que cela voulait dire.*

Mars! ah! ah! très-trôle!... elle me difertit peaucoup!

D'ANCENY, *riant.*

Je vous aurais mieux aimée en gentille ouvrière!

ERNEST, *qui vient de quitter sa valseuse.*

Avec bouquet de fleurs d'oranger au côté.

LA BARONNE, *prenant le bras de Dnieper.*

Il y a temps pour tout!... Eh! bien, cher comte, vous voilà au milieu des masques... Il y en a presqu'autant ici que sur les boulevards! Oh! je voudrais être à l'Opéra pour vous intriguer... vous faire enrager... (*mettant son masque.*) je vais commencer.

DNIEPER.

Je vous reconnaisserai.

LA BARONNE.

Sous le masque! oh! vous aurez beau faire... je vous attraperai toujours! (*Elle se sauve par le fond a droite.*)

ERNEST, *masqué et frappant sur l'épaule de Dnieper.*

Et attraper un Danois... c'est fort! (*Riant.*) Oh!... il est joli! (*Le comte court après la Baronne, mais se trompant sur le chemin qu'elle a pris, il entre dans la chambre à droite.*)

ROSINE, *à Ernest en lui montrant Dnieper.*

Oh! le beau costume! A la bonne heure! voilà un homme!

ERNEST.

Tiens! est-ce que je n'en suis pas un!

ROSINE.

Vous! vous êtes un arlequin! (*La danse cesse.*)

D'ANCENY, *passant près d'Ernest.*

Georges vient d'arriver.

ERNEST.

Ah! sapristi!

ROSINE.

Quoi!

ERNEST.

Rien! (*Ils remontent, la Baronne entourée de dames rentre par le fond à droite.*)

LA BARONNE, *son masque à la main.*

Oui, mesdames.

AIR: *De M. Couder.*

Puisqu'on nous y convie,
Livrons-nous sans regret
A la douce folie
Que ce jour nous permet.
Ah! pour les infidèles,
Sous ce masque piquant,
L'esprit nous rend plus belles,
Et le cœur aisément
Peut croire à des appas
Que les yeux ne voient pas.

(*La Baronne s'assied sur le canapé à droite, et met son masque.*)

(*La musique continue après ce couplet. Georges a paru au fond à gauche, attiré par le chant de la Baronne, qui est sur le devant du théâtre.*)

DNIEPER, *au fond à droite.*

Très-chofiale!... Elle me difertit beaucoup!... (*Il s'assied à droite près de la Baronne. Madame de l'Etang remonte aux invités.*)

SCÈNE XIII.

LES MÊMES, GEORGES. *A la fin,* ANDRÉ. (*Georges très-ému, descend sur le devant de la scène.*)

GEORGES, *entrant du fond à gauche.*

Mon Dieu! cette voix avait un charme qui m'attirait malgré moi!... il me semblait entendre... Oh! non! non!

ERNEST, *l'apercevant venant du fond à gauche.*

Eh!... comment, cher, vous n'êtes pas en costume! (*La valse recommence.*)

GEORGES.

Ernest, présentez-moi à la maîtresse de la maison.

ERNEST.

Vous avez tort!... Tout le monde est costumé. (*Ils remontent. Georges passe près de M. Dnieper et le regarde avec une colère contenue. Il sort par le fond à droite avec Ernest.*)

DNIEPER.

Il a un trôle de manière de recarder, ce petit monsieur!

ROSINE, *au fond.*

M. Bridoux! M. Bridoux! la valse commence!

ERNEST.

Voilà! (*Il vient par le fond à droite prendre Rosine et valse avec elle.*)

MADAME DE L'ETANG, *redescendant avec la Baronne et à demi-voix.*

Oui, c'est lui... ce grand jeune homme pâle et triste!... (*Elle lui montre Georges qui passe derrière la glace sans tain.*)

LA BARONNE.

Emmenez le comte!... (*Elle se tient à gauche.*)

MADAME DE L'ETANG, *à Dnieper.*

Votre bras, cher comte.

DNIEPER, *avec empressement.*

Oh! oh! pelle dame! (*Elle l'emmène au fond. Tout le monde s'est éloigné.*)

SCÈNE XIV.

LA BARONNE, GEORGES.

GEORGES, *entrant du fond à droite et s'asseyant près de la cheminée*

Oh! j'éprouve une émotion... qui me tue!

LA BARONNE, *masquée, remonte jusqu'au fond avec deux ou trois dames et vient s'appuyer sur le fauteuil de Georges. Déguisant sa voix.*

Eh! bien, beau mélancolique... à quoi rêves-tu?

GEORGES, *tressaillant.*

Madame!

LA BARONNE, *l'empêchant de se lever.*

Reste! je te dispense du salut de rigueur... Tu ne me connais pas...

GEORGES.

Ah! vous croyez...

LA BARONNE.

Mais moi, je te connais... et je puis être pour toi un ange ou un diable, comme tu voudras.

GEORGES.

Oh! je ne crois plus aux anges!

LA BARONNE.

Depuis que tu as quitté le Paradis.

GEORGES.

Le Paradis...

LA BARONNE.

N'est-ce pas un petit boudoir meublé avec un goût exquis... où le bonheur devait entrer sur les ailes d'un ange... Car tu y croyais alors! (*Georges se lève lentement en la regardant.*) Et tu l'as laissé envoler, maladroit! (*Elle descend à gauche.*)

GEORGES.

D'où savez-vous?

LA BARONNE, *riant.*

Ah! tu vois!...

GEORGES.

Mais si cette jeune fille qui était si belle... belle comme vous devez l'être... vous dont la voix a un charme... qui me la rappelle...

LA BARONNE.

Vrai!... ha! ha! ha!

GEORGES.

Si cette jeune fille était un démon!

LA BARONNE.

Ah!... il paraît que tu crois aux démons... et à quoi les reconnait-on?

GEORGES.

Mais au charme trompeur dont ils s'arment pour nous plaire, pour nous séduire... à cette adresse diabolique avec laquelle ils vous entraînent dans un abîme qu'ils avaient couvert de fleurs!... Ils nous torturent le cœur... et ils jouissent de notre trouble, de nos douleurs avec un rire satanique... que votre masque me cache en ce moment.

LA BARONNE.

Ha! ha! ha! voilà qui est aimable!... et votre ange, votre démon, qu'est-il devenu?

GEORGES.

Je vous le demande, à vous qui devez tout savoir!... est-il au ciel... est-il dans la fange?... Est-ce la plus pure, la plus adorable des jeunes filles... ou la courtisane la plus perfide et la plus éhontée?...

LA BARONNE, *passant à droite.*

Thérèse!

GEORGES.

Vous savez son nom!

LA BARONNE, *comme se reprenant.*

Ah! puisque je sais tout!

GEORGES.

Oh! je vous en prie... je vous en supplie, ne vous jouez pas de moi!... voyez, près de vous je tremble... toutes mes angoisses passées me serrent le cœur!... parlez... Thérèse est-elle ici?... Se couvre-t-elle d'un masque pour rire de ma crédulité.

LA BARONNE.

Tu as donc été bien crédule!... c'est pour cela peut-être que tu as rompu ton mariage avec elle... c'est pour avoir cru... qu'elle te trompait!

GEORGES.

Vous savez!

LA BARONNE, *lui prenant le bras et faisant quelques pas avec lui.*

C'est cela!... tu l'as cru! tu as été soupçonneux, jaloux!... ah! vous êtes bien tous les mêmes!... c'est la foi qui vous manque... c'est le doute qui vous tue!... Pour un soupçon vous repoussez la main qui serrait la vôtre... vous rejetez dans l'abîme l'ange que vous pouviez sauver, et, cœur ingrat, vous dites alors... c'était un démon!...

GEORGES.

Mais qui donc êtes-vous, vous qui me parlez ainsi!...

LA BARONNE.

Tu ne dois pas le savoir... tu ne le sauras pas!

GEORGES.

Mais elle... elle!... si elle était, ici!

LA BARONNE (*à elle-même.*)

Ici! Thérèse!

GEORGES.

Qu'avez-vous! vous tremblez à votre tour... vous avez peur! Otez votre masque!...

LA BARONNE, *très-émue.*

Non! tu ne dois pas me connaître... ma vie doit être un mystère pour toi... car tu peux aimer encore!...

GEORGES (*portant la main au masque de la baronne*).

Oh! je saurai... votre nom... votre nom!...

LA BARONNE, *lui prenant les mains.*

Mon nom!...

AIR: *Epoux imprudent, fils rebelle.*

Je n'en ai point! je suis née anonyme!
Mais de tromper toujours mon cœur est las!

GEORGES.

Grand Dieu!

LA BARONNE.

Souvent, au fond de cet abîme,
On veut mourir, mais on ne le peut pas! (*bis.*)
Va, ne crois pas aux plaisirs qu'on expie,
Le front riant et couronné de fleurs!
Quand la honte verse des pleurs
Sous le masque de la folie.

Dnieper paraît au fond à droite retenu par D'Anceny.

GEORGES *reculant avec effroi.*

Thérèse!... Thérèse!...

SCÈNE XV.

LES MÊMES, ERNEST, *puis* D'ANCENY *et* DNIEPER *puis* TOUT LE MONDE.

ERNEST *entrant par la gauche au fond et descendant près de Georges, bas.*

Prenez garde!... voici l'autre!... le Danois!

GEORGES, *l'entraînant à part.*

C'est elle? n'est-ce pas? c'est elle!

ERNEST.

Vous en êtes encore là!

D'ANCENY *entrant par le fond à droite avec le comte.*

Mais quand je vous dis qu'elle n'est pas...

LA BARONNE, *à part.*

Le comte!...

DNIEPER, *à la Baronne.*

Oh! si fait!.. je la reconnais.. mon bras.. prenez mon bras!..

LA BARONNE (*bas*).

Taisez-vous!...

GEORGES (*s'élançant vers elle. — Musique à l'orchestre*).

Oh! vous ne m'échapperez pas!

LA BARONNE.

Monsieur!

ERNEST.

Georges!

GEORGES.

Laissez-moi!... je saurai enfin... (*il lui arrache son masque*). (*Les invités entrent de tous côtés*).

LA BARONNE, *reculant.*

Grand Dieu! (*la Baronne se cachant la tête dans les mains va se jeter sur le canapé à droite. Les dames l'entourent.*)

ERNEST.

Ah! sapristi!

DNIEPER, *tirant son épée.*

Misérable!

GEORGES.

Thérèse!

D'ANCENY *retenant Dnieper.*

Comte!... de grâce!

MADAME DE L'ÉTANG *accourant à la Baronne qui est assise à droite.*

Qu'est-ce donc?

LA BARONNE.

Il est fou!

DNIEPER.

Laissez!... Je le tuerai.

GEORGES *cherchant autour de lui.*

Une arme!... donnez!... ah! (*il arrache l'épée que D'Anceny porte au côté.*)

D'ANCENY.

Mon épée! prenez garde!

ERNEST.

Georges!

GEORGES, *le repoussant.*

Laissez-moi!

DNIEPER, *repoussant D'Anceny.*

Défendez-vous!... (*Au moment où ils fondent l'un sur l'autre, la Baronne pousse un cri et se jette entr'eux.*)

LA BARONNE.

Non! (*elle est frappée par l'épée de Dnieper*) ah! (*Madame de l'Étang la reçoit dans ses bras*).

DNIEPER, *laissant tomber son épée.*

Oh!

GEORGES *jetant la sienne.*

Blessée!

MADAME DE L'ÉTANG, *soutenant la Baronne.*

De l'air! de l'air!... aidez-moi.

D'ANCENY.

Là, dans le petit salon ! (*Madame de l'Etang et Rosine soutiennent la Baronne que l'on dépose sur un fauteuil, à l'entrée du salon du fond en vue du public.*)

DNIEPER *à Georges*

Oh ! je vous tuerai !

GEORGES, *pâle et immobile.*

Vous me rendrez service, Monsieur ! (*Dnieper remonte.*)

SCÈNE XVI.

LES MÊMES, THÉRÈSE

THÉRÈSE, *entrant par la porte de gauche.*

Non ! laissez-moi ! j'entrerai ! c'est M. D'Anceny que je demande. Il est ici ! je le verrai !

GEORGES.

Thérèse !

THÉRÈSE.

Je demande M. D'Anceny.

D'ANCENY, *descendant en scène.*

Moi !

ERNEST.

Une jeune fille.

GEORGES.

Est-ce elle ? est-ce son ombre ? Thérèse !

D'ANCENY, *la reconnaissant.*

Que vois-je ?

TOUT LE MONDE, *au fond.*

Qu'est-ce donc ?

THÉRÈSE, *montrant D'Anceny, et d'une voix ferme.*

C'est vous ! qui m'avez insultée, flétrie... et je viens vous demander ici... en présence de votre monde... une explication qui me rende l'honneur et l'estime de ceux que j'aime !...

D'ANCENY.

Mademoiselle !. .

GEORGES, *courant à elle.*

Mais cette femme, qui est là... blessée... mourante... votre vivante image !

THÉRÈSE.

Que dites-vous?

GEORGES, *l'entraînant au fond.*

Oh ! venez ! venez !

TOUS, *au fond.*

Ciel !

GEORGES.

C'est Thérèse ! Thérèse Duverri !

LA BARONNE, *se soulevant et d'une voix mourante.*

Ma sœur !

THÉRÈSE, *reculant avec effroi.*

Sa sœur !... moi !... sa sœur ! (*Elle revient en scène, veut retourner vers la Baronne, madame de l'Etang l'empêche d'avancer.*)

THÉRÈSE, *tout en pleurs.*

J'avais une sœur !

GEORGES, *tombant aux pieds de Thérèse.*

Pardon ! Thérèse ! Oh ! ma vie entière pour un pardon ! (*Elle lui tend une main, et de l'autre cache ses larmes.*)

FIN.

En vente, chez Michel Lévy frères...

LE THÉATRE CONTEMPORAIN ILLUSTRÉ

CHOIX DES PRINCIPALES PIÈCES JOUÉES SUR LES THÉATRES DE PARIS.

IL PARAIT UNE OU DEUX LIVRAISONS PAR SEMAINE.
Chaque Livraison contient une Pièce. Prix : 20 centimes.

IL PARAIT UNE SÉRIE TOUS LES MOIS.
Chaque Série contient cinq Pièces. Prix : 1 franc.

CHAQUE PIÈCE SERA PUBLIÉE AVEC UN DESSIN REPRÉSENTANT UNE DES PRINCIPALES SCÈNES DE L'OUVRAGE.

PIÈCES EN VENTE :

1re SÉRIE. — PRIX : 1 FRANC.
- Le Chiffonnier de Paris 20
- La Closerie des Genêts ..... } 40
- Une Tempête dans un verre d'eau }
- Le Morne au Diable .... } 40
- Pas de fumée sans feu ..... }

2e SÉRIE. — PRIX : 1 FRANC.
- Trois Rois, trois Dames 20
- La Marâtre .... } 40
- La Ferme de Primerose .... }
- Le Chevalier de Maison-Rouge. } 40
- L'Habit vert .... }

3e SÉRIE. — PRIX : 1 FRANC.
- Benvenuto Cellini .... } 40
- Frisette .... }
- Clarisse Harlowe 20
- La Reine Margot .... } 40
- Jean le Postillon .... }

4e SÉRIE. — PRIX : 1 FRANC.
- La Foi, l'Espérance et la Charité. } 40
- Le Bal du Prisonnier........ }
- Hamlet.................... } 40
- Le Lait d'ânesse............ }
- Hortense de Biengie.......... 20

5e SÉRIE. — PRIX : 1 FRANC.
- Le fils du Diable........ } 40
- Une Dent sous Louis XV.... }
- Le Livre noir .... } 40
- Midi à quatorze heures....... }
- La Petite Fadette............ 20

6 SÉRIE. — PRIX : 1 FRANC.
- La Vie de Bohême........... } 40
- Graziella.................. }
- La Chambre rouge.......... } 40
- Un Jeune Homme pressé...... }
- Le Docteur noir............. 20

7e SÉRIE. — PRIX : 1 FRANC.
- Martin et Bamboche.......... } 40
- Les deux Sans-Culottes...... }
- Les Mystères du Carnaval..... } 40
- Croque-Poule.............. }
- Une Fièvre brûlante 20

8e SÉRIE. — PRIX : 1 FRANC.
- Bataille de Dames........... 20
- Le Pardon de Bretagne....... } 40
- La Parure de Jules Denis.... }
- Paris qui dort............... } 40
- Paris qui s'éveille........... }

9e SÉRIE. — PRIX : 1 FRANC.
- Intrigue et Amour........... } 40
- Marchand de Jouets d'Enfants.. }
- Gentil Bernard............... } 40
- Jobin et Nanette............. }
- Le Collier de Perles.......... 20

10e SÉRIE. — PRIX : 1 FRANC.
- Le Bourgeois de Paris....... 20
- Contes de la Reine de Navarre. } 40
- Qui se dispute s'adore...... }
- Marie Simon................ } 40
- La Famille Poisson.......... }

11e SÉRIE. — PRIX : 1 FRANC.
- Les Nuits de la Seine........ } 40
- Un Garçon de chez Véry...... }
- Un Chapeau de Paille d'Italie.. 20
- L'Oncle Tom............ } 40
- Chasse au Lion.......... }

12e SÉRIE. — PRIX : 1 FRANC.
- Berthe la Flamande........ } 40
- Un Mari qui n'a rien à faire.. }
- Le Testament d'un Garçon. . 20
- La Chatte Blanche......... } 40
- L'Amour pris aux cheveux. . . }

13e SÉRIE. — PRIX : 1 FRANC.
- Le Courrier de Lyon....... } 40
- Par les fenêtres.......... }
- Le Roi de Rome........... 20
- Un Mr qui suit les femmes. . } 40
- La Terre promise......... }

14e SÉRIE. — PRIX : 1 FRANC.
- Les Sept Péchés capitaux ... } 40
- La Tête de Martin......... }
- Le Sage et le Fou........... 20
- Le Muet.................. } 40
- Un Merlan en bonne fortune. . }

15e SÉRIE. — PRIX : 1 FRANC.
- Les Quatre fils Aymon. .... } 20
- Scapin................. }
- Un Premier Coup de canif. . 20
- Roquelaure .... } 50
- Une Nuit orageuse......... }

16e SÉRIE. — PRIX : 1 FRANC.
- La Mendiante............ } 40
- La Tonelli.............. }
- Les Avocats.................. 20
- Marianne................ } 40
- Une Charge de cavalerie. . . . }

17e SÉRIE. — PRIX : 1 FRANC.
- Les Coulisses de la vie. .... } 40
- Un Ami acharné .... }
- La Bergère des Alpes....... } 40
- Les Paniers de la Couronne. . }
- Marie ou l'inondation....... 20

18e SÉRIE. — PRIX : 1 FRANC.
- Les Sept Merveilles du Monde } 40
- Un Coup de Vent.......... }
- Notre-Dame de Paris....... } 40
- Les Lundis de Madame...... }
- Le Château des Sept-Tours. . 20

19e SÉRIE. — PRIX : 1 FRANC.
- Les Mystères de l'Été.... } 40
- Voyage autour d'une jolie femme }
- Le Cœur et la Dot .... } 40
- Un Ut de Poitrine.......... }
- Léonard le Perruquier..... 20

20e SÉRIE. — PRIX : 1 FRANC.
- Les Sept Merveilles du No 7. } 40
- L'Ami François .... }
- Les Enfers de Paris....... } 40
- Atala .... }
- La Nuit du Vendredi Saint.... 20

21e SÉRIE. — PRIX : 1 FRANC.
- Les Cosaques.............. } 40
- Un Monsieur qu'on n'attendait pas }
- Bertram le Matelot......... } 40
- L'Amour au Daguerréotype.... }
- Irène ou le Magnétisme....... 20

22e SÉRIE. — PRIX : 1 FRANC.
- Les Mystères de Londres..... } 40
- Un Vilain Monsieur......... }
- Le Lys dans la Vallée...... } 40
- Un Homme entre deux Airs.... }
- La Forêt de Sénart.......... 20

23e SÉRIE. — PRIX : 1 FRANC.
- Catilina.................. } 40
- Théodore.................. }
- Le Voile de Dentelle......... } 40
- Les Fureurs de l'Amour....... }
- Les Folies dramatiques....... 20

24e SÉRIE. — PRIX : 1 FRANC.
- La Comtesse de Sennecey.... } 40
- Edgard et sa bonne........ }
- Manon Lescaut............ } 40
- Les Mémoires de Richelieu.... }
- L'Ane mort............... 20

25e SÉRIE. — PRIX : 1 FRANC.
- Le Vieux Caporal.......... } 40
- Diane de Lys et de Camélias.. }
- M. Joseph Prudhomme........ } 40
- Le Roman d'une Heure....... }
- Thérèse ou Ange et Diable.... 20

26e SÉRIE. — PRIX : 1 FRANC.
- Paris qui pleure, Paris qui rit. } 40
- Le Chêne et le Roseau..... }
- Les Orphelines de Valneige... 20
- Marie-Rose............. } 40
- L'Ambigu en habits neufs.... }

27 SÉRIE. — PRIX : 1 FRANC.
- Un Notaire à marier......... } 40
- Les Rendez-Vous bourgeois. . }
- L'Honneur de la Maison..... } 40
- Le Laquais d'Arthur....... }
- L'Argent du Diable......... 20

28e SÉRIE. — PRIX : 1 FRANC.
- La Boisière .... } 40
- Quand on attend sa bourse... }
- Le Ciel et l'Enfer.......... } 40
- Souvent Femme varie....... }
- Gastibelza.................. 20

29e SÉRIE. — PRIX : 1 FRANC.
- Schamyl.................. } 40
- Deux Femmes en gage....... }
- L'Armée d'Orient......... } 40
- Où passerai-je mes soirées?. . }
- Les Gaîtés champêtres 20

30e SÉRIE. — PRIX : 1 FRANC.
- La Bonne Aventure......... } 40
- En bonne fortune........ }
- Gusman le Brave........... } 40
- Ce que vivent les roses..... }
- Les Oiseaux de la Rue...... 20

31e SÉRIE. — PRIX : 1 FRANC.
- Le Prophète............. } 40
- Un Vieux de la Vieille Roche. }
- Echec et Mat.............. } 40
- Mademoiselle Rose........ }
- Louise de Nanteuil.......... 20

32e SÉRIE. — PRIX : 1 FRANC.
- La Prière des Naufragés ..... } 40
- Un Mari en 150........... }
- Les 500 Diables............ } 40
- A Clichy.................. }
- Harry-le-Diable............ 20

33e SÉRIE. — PRIX : 1 FRANC.
- Boccace ou le Décaméron.... } 40
- Cerisette en prison......... }
- La Vie d'une Comédienne..... } 40
- Le Manteau de Joseph...... }
- Le chevalier d'Essonne...... 20

34e SÉRIE. — PRIX : 1 FRANC.
- Georges et Marie......... } 40
- Sous un bec de gaz........ }
- Les Souvenirs de Jeunesse. . } 40
- York.................. }
- Lully..................... 20

35e SÉRIE. — PRIX : 1 FRANC.
- Marthe et Marie .... } 40
- Une Femme qui se grise .... }
- L'Enfant de l'Amour....... } 40
- Le Sourd .... }
- Le Marbrier............... 20

36e SÉRIE. — PRIX : 1 FRANC.
- Les Oiseaux de Proie ..... } 40
- Un Feu de cheminée .... }
- La Croix de Marie .... } 40
- Le Chevalier coquet .... }
- Hortense de Cerny 20

37e SÉRIE. — PRIX : 1 FRANC.
- Paris..................... } 40
- La mort du Pêcheur .... }
- Un mauvais Riche .... } 40
- Dans les vignes.......... }
- Le Gant et l'Éventail....... 20

38e SÉRIE. — PRIX : 1 FRANC.
- L'Histoire de Paris....... } 40
- Pygmalion.............. }
- Salvator Rosa........... } 40
- Un Cœur qui parle .... }
- Le Vicaire de Wakefield..... 20

39e SÉRIE. — PRIX : 1 FRANC.
- Les grands Siècles .... } 40
- Le Devin du Village......... }
- Le Donjon de Vincennes...... } 40
- Les jolis Chasseurs........ }
- Le Théâtre des Zouaves...... 20

40e SÉRIE. — PRIX : 1 FRANC.
- Le Moulin de l'Ermitage .... } 40
- Les derniers Adieux ...... }
- Le Gâteau des Reines....... } 40
- Une pleine eau........... }
- Aimer et mourir............ 20

41e SÉRIE. — PRIX : 1 FRANC.
- Le sergent Frédéric .... } 40
- Le Duel de mon Oncle...... }
- La Florentine............ } 40
- Jeanne Mathieu.......... }
- Le Songe d'une nuit d'hiver . 20

42e SÉRIE. — PRIX : 1 FRANC.
- Les Noces vénitiennes........ } 40
- L'Héritage de ma Tante .... }
- Le Sire de Framboisy...... } 40
- L'Homme sans Ennemis ..... }
- La Chasse au Roman....... 20

43e SÉRIE. — PRIX : 1 FRANC.
- Le Paradis perdu .... } 40
- En manches de chemise ..... }
- Les Maréchaux de l'Empire . . } 40
- Elodie.................. }
- Lucie Didier 20

44e SÉRIE. — PRIX : 1 FRANC.
- Le Masque de poix......... } 40
- L'Amour et son train...... }
- Joselyn le garde-côte....... } 40
- Le Bal d'Auvergnats....... }
- Le Démon du Foyer 20

45e SÉRIE. — PRIX : 1 FRANC.
- Aventures de Mandrin....... } 40
- Dieu merci, le couvert est mis. }
- L'Oiseau de Paradis .... } 40
- Si j'étais riche .... }
- Donnez aux pauvres 20

46e SÉRIE. — PRIX : 1 FRANC.
- Le Médecin des enfants ..... } 40
- Médée................... }
- Le Pendu .... } 40
- Mon Isménie............ }
- Les Fanfarons de vice 20

47e SÉRIE. — PRIX : 1 FRANC.
- Marie Stuart en Écosse...... } 40
- Les Bâtons dans les roues . . }
- Le Fils de la Nuit......... } 40
- Les 7 Femmes de Barbe-Bleue. }
- Un Roi malgré lui.......... 20

48e SÉRIE. — PRIX : 1 FRANC.
- Les Zouaves........... } 40
- Le Jour du Frotteur .... }
- Le Marin de la garde ...... } 40
- Sous les Pampres .... }
- Un Voyage sentimental 20

49e SÉRIE. — PRIX : 1 FRANC.
- Les Pauvres de Paris ..... } 40
- As-tu tué le mandarin?..... }
- Les Parisiens.......... } 40
- Schahabaham II......... }
- Les Pièges dorés......... 20

50e SÉRIE. — PRIX : 1 FRANC.
- Jane Grey........... } 40
- La Bonne d'enfant .... }
- L'Avocat des Pauvres..... } 40
- Les Suites d'un premier lit. . }
- Les Toilettes tapageuses 20

51e SÉRIE. — PRIX : 1 FRANC.
- Fualdès .... } 40
- Grassot embêté par Ravel . . . }
- Cléopâtre .... } 40
- Les Toquades de Borromée . . }
- Rose et Marguerite....... 20

52e SÉRIE. — PRIX : 1 FRANC.
- Jérusalem.............. } 40
- Les Cheveux de ma femme..... }
- Le Secret des Cavaliers .... } 40
- Six Demoiselles à marier.... }
- Le docteur Chiendent 20

53e SÉRIE. — PRIX : 1 FRANC.
- La Reine Topaze......... } 40
- Le 66.................. }
- Le Château des Ambrières . . . } 40
- Roméo et Mariette......... }
- L'échelle de Femmes........ 20

54e SÉRIE. — PRIX : 1 FRANC.
- La fausse Adultère........ } 40
- Madame est de retour ..... }
- La Route de Brest .... } 40
- Le Secret de l'oncle Vincent. }
- Croquefer 20

55e SÉRIE. — PRIX : 1 FRANC.
- Les Gens de théâtre ...... } 40
- Une Panthère de Java...... }
- Les Orphelins du pont N.-Dame. } 40
- Le Jour de la Blanchisseuse. }
- Le Fils de l'Aveugle 20

56e SÉRIE. — PRIX : 1 FRANC.
- Les Orphelines de la Charité. } 40
- La Rose de Saint-Flour..... }
- Le Pressoir........... } 40
- Fais la cour à ma femme...... }
- Les Lanciers 20

57e SÉRIE. — PRIX : 1 FRANC.
- Jean de Paris............. } 40
- Un Chapeau qui s'envole .... }
- La belle Gabrielle......... } 40
- Zerbine .... }
- Les Princesses de la rampe . . 20

58e SÉRIE. — PRIX : 1 FRANC.
- L'Aveugle.............. } 40
- Un fameux Numéro......... }
- Les deux Faubouriens........ } 40
- Polka et Bamboche ...... }
- Dalila et Samson 20

59e SÉRIE. — PRIX : 1 FRANC.
- Michel Cervantes .... } 40
- L'Opéra aux fenêtres .... }
- André Gérard .... } 40
- Une Soubrette de qualité .... }
- Le Prix d'un Bouquet 20

60e SÉRIE. — PRIX : 1 FR.
- Les Chevaliers du brouillard.. } 40
- Le Roi boit............ }
- L'Amiral de l'escadre bleue. . } 40
- Vent du soir............ }
- Roméo et Juliette......... 20

61e SÉRIE. — PRIX : 1 FR.
- Si j'étais roi.......... } 40
- La Dame aux jambes d'azur. . }
- Les Viveurs de Paris...... } 40
- La Médée de Nanterre....... }
- On demande un gouverneur . . 20

62e SÉRIE. — PRIX : 1 FR.
- La Bête du bon Dieu .... } 40
- Brin d'amour........... }
- William Shakspeare........ } 40
- Une minute trop tard........ }
- Le Télégraphe électrique 20

63e SÉRIE. — PRIX : 1 FR.
- La Filleule du chansonnier. . . } 40
- Pénicault le somnambule. . . . }
- La Comtesse de Novailles. . . } 40
- Avez-vous besoin d'argent. . . }
- Un Enfant du siècle. 20

64e SÉRIE. — PRIX : 1 FR.
- Les Filles de marbre....... } 40
- Le Cousin du roi.......... }
- Les Noces de Bouchencœur. . . } 40
- Les Jeux innocents....... }
- L'Anneau de fer 20

Lagny. — Typographie de A. Varigault et Cie

www.ingramcontent.com/pod-product-compliance
Ingram Content Group UK Ltd.
Pitfield, Milton Keynes, MK11 3LW, UK
UKHW022209190726
13855UKWH00004B/1677